페어링

페어링

조규미 장편소설

|주|자음과모음

차례

나와 미니

내 이름은 고수민. 나이는 열일곱 살. 그저 그런 중학교 시절을 보내고 얼떨결에 졸업까지 해 버렸다. 솔직히 지난 3년을 돌아보면 뭐 하나 제대로 한 게 없어서 부끄럽다. 공부를 잘하는 것도 아니고, 친구들 사이에서 인기가 많은 것도 아니다. 그렇다고 나만의 세계를 만들어 뭔가에 빠져 보지도 못했다. 나는 내가 조금 더 멋진 사람이면 좋겠는데…….

사람들은 자신을 사랑하라고 말한다. 당당하고 자신감 있게 행동하라고 말한다. 하지만 나는 그런 것들이 쉽지 않다. 어떻게 해야 하는 건지 잘 모르겠다. 열일곱 번째 봄을 맞이하며 다른 아이들은 빛나는 시절을 보내고 싶다고 하겠지만, 나는 그렇게까지는 바라지도 않는다. 내 바람은 소박하다. 1년 후 지금을 되돌아보면서 "괜찮았어"라고 말할 수만 있으면 좋겠다.

그런데 그것마저도 내겐 쉽지 않은 것 같다. 조금 전부터 팔이 저리기 시작하고 숨 쉬는 것도 답답해지기 시작했다. 나는 지금 급식을 먹고 난 후 책상에 엎드려 있다. 매일 이러고 있어서 익숙해질 법도 한데, 이렇게 갑자기 힘이 들 때가 있다. 그런 데다가 오늘은 이어폰까지 말썽이다. 며칠 전부터 한쪽이 들렸다, 안 들렸다 하더니 조금 전부터는 아예 양쪽 다 소리가 안 들리기 시작했다. 이어폰만 멀쩡했으면 팔이 저린 것도, 숨이 답답한 것도 그럭저럭 참을 수 있었을 텐데……. 더 이상 못 버티겠어서 일어나려는데 뒷자리에서 말소리가 들렸다.

"회장 누구 뽑을 거야?"

"난 김세진 뽑으려고. 너는?"

"나는 아직 못 정했어."

반 회장 선거 이야기를 하는 것 같았다. 개학하고 딱 일주일 되는 오늘, 종례 시간에 학급 임원을 뽑는다고 했다.

"근데 진짜 의외야. 배치 고사 전교 1등한 거."

"왜? 김세진, 원래 잘 하는 애 아니야?"

"중학교 때는 이 정도까지 아니었어. 전교 2, 30등 정도?"

"근데 그렇게나 올랐다고? 우리 학교에 들어오면 기본으로 10등씩은 내려가잖아."

"그니까 말이야. 근데 소문 들어 보니까……."

"소문? 뭔데?"

아이들은 그제야 내가 앞자리에 엎드려 있다는 것을 의식한 듯이 갑자기 목소리를 낮췄다. 조금 전까지는 짐 꾸러미 같은 게 책상 위에 놓여 있다고 생각한 걸까?

"쉿! 듣고 있으면 어떡해."

"쟤 이어폰 꽂고 있잖아. 안 들릴 거야."

나는 벌떡 일어나고 싶었지만, 저 아이들이 바라는 대로 이어폰을 끼고 잠시 다른 세계로 이동한 것처럼 가만히 있었다.

"엄청 비싼 과외 한대. 학원 강사가 일대일로 붙어서."

"에이, 난 또 무슨 비리라도 있다고……. 걔 부자야?"

"엄마, 아빠가 다 의사래. 하고 다니는 것만 봐도 돈 많아 보이잖아."

마침내 5교시 수업 종이 울렸다. 나는 종소리를 듣고도 바로 고개를 들지 않고 미적거리다가 일어났다. 팔이 저리다 못해 끊어질 것 같았다.

김세진이라는 아이는 입학식 날부터 유명한 아이였다. 배치 고사 전교 1등으로 단상에 올라가 상장을 받으면서 모두의 주목을 받았기 때문이다. 겨우 일주일 본 것이지만, 성격도 밝고 사교성도 좋아 보였다. 요즘은 반 회장도 리더십을 보여주는 스펙으로 여기고 있는 추세라 학생부 기록을 위해 회장이 되려고 하는 아이가 많았다. 그래서인지 후보로 8명이나 나왔지만, 분위기를 보아하니 이변이 없는 한 그 애가 회장 자리를 차지할 것 같았다. 세진이는 여러모로 나와는 대척점에 있는 존재다. 그 애가 햇살 잘 드는 곳에서 자란 아름드리나무라면 나는 바위 밑 음지에 낀 이끼라고 해야 할까.

고등학교 생활이 시작된 후 희망이나 꿈같은 것을 생각할 겨를도 없이 나는 불운의 수레바퀴 속으로 끌려 들어가고 말았다. 그 이유를 이야기하려면 여러 가지 우울한 서사가 동시에 등장하겠지만, 가장 치명적이었던 것을 꼽는다면 새 학기 첫날 '미니'가 없어진 사건일 것이다.

미니는 새로 산 무선 이어폰 이름이다. 민트색의 앙증맞은 디자인이 마음에 들어 '미니'라는 애칭을 붙여 주었다. 게다가 내 이름의 끝 글자가 '민'이니 '민이 꺼'라는 뜻도 담겨서 좋았다. 고작 이어폰 잃어버린 것 가지고 호들갑 떠는 것이 한심하다 생각할지도 모르겠다. 하지만 나에게 미니는 단순히 돈을 주고 구매한 물건 그 이상의 의미를 지니고 있었다.

처음 미니를 손바닥에 올려놓은 순간 인생 아이템을 만난 것처럼 행복했다. 그동안 여러 가지 이어폰을 써 봤지만, 공짜로 얻거나 저렴한 제품을 산 거라 음질이 별로였다. 하지만 미니는 달랐다. 처음 소리를 듣는 순간, 놀라서 저절로 입이 벌어질 정도였다. 세상에 없었던 나만의 공간이 그 순간 창조된 느낌이었다. 아니, 내가 미처 몰랐던 나의 세계가 내가 찾아오기를 기다리고 있었다고 해야 할까? 단 며칠뿐이었지만, 황홀하게 울려 퍼지는 소리를 들으면서 나만의 작은 천국에 발을 디딘 느낌이었다.

　미니가 없어진 것을 알았을 때, 나는 자리 주변을 샅샅이 찾아봤다. 하지만 어디에서도 미니는 발견되지 않았다. 어쩔 수 없이 담임선생님께 도움을 요청했는데 그게 사달이 났다. 담임은 그날 종례 시간, 미니를 찾아야 한다며 아이들을 집에 보내 주지 않았다. 아이들은 담임의 설교를 들으며 1시간 넘게 미니를 찾느라 자신들의 책가방과 책상 속, 옷가지와 사물함까지 모두 뒤져야 했다. 그덕분에 나는 우리 반의 '극혐 1호'로 등극하게 되었다. 등교 첫날부터 반 아이들을 '잠재적 도둑'으로 만들어 버렸기 때문이다.

　그렇게 일주일이 지났다. 한번 붙은 극혐 딱지는 쉽게 떨어지지 않았다. 원래부터 친구를 잘 사귀는 성격은 아니었지만, 그 일이 있고 나서부터는 아예 친구를 사귀기 힘들어졌다. 쉬는 시간과 점심 시간에는 주로 혼자 엎드려서 전에 쓰던 유선 이어폰을 끼고 음악을 들었다. 그런 나를 보며 담임은 '이어폰 귀신이라도 붙었냐?'라고 했지만 나는 신경쓰지 않았다. 오히려 편했다. 누군가와 친해질 필요가 없는 존재가 되어 버린 것이.

　우리 반 회장은 이변 없이 세진이가 됐다. 다른 아이들이 2, 3표밖에 못 받은 것에 비해 8표나 받았으니 압도적인 지지를 받았다고 할 수 있겠다. 그 애가 교탁에 서서 당선 소감을 말할 때 처음으로 그 아이 얼굴을 자세히 봤다. 여유 있게 웃으면서 다른 아이들을 바라보는 눈빛에서 자신감이 느껴졌다. 깔끔한 교복 매무새와 적당한 치마 길이는 모범생의 전형처럼 보였다. 하지만 그 애의 선해 보이는 미소가 왠지 가짜같다는 느낌이 들었다. 겉으로는 친절하지만, 속으로는 무시하는 듯한 느낌? 어쨌든 상관없다. 나와는 엮일 일이 없는 아이니까.

일주일이 지나도 '도대체 미니가 어디 있을까?'라는 의문은 머릿속에서 떠나지 않았다. 미니가 사라진 곳은 분명히 교실 안이었다. 그날 아침 교실에 들어올 때 미니로 들었던 노래까지 기억하고 있기 때문이다. 그때 나는 핑크 플래닛의 〈헤븐〉을 듣고 있었다. 좋아하는 노래라 끝까지 듣고 싶었지만, 중간에 끊어야 했기 때문에 그 순간을 또렷이 기억한다. 누군가 가지고 가지 않았다면 분명히 교실 어딘가에 있을 텐데…….

왜 조금 더 조심하지 않았을까? 그 조그만 게 사람들 눈이 닿지 않는 어두운 곳에 떨어져서 떨고 있을 것만 같았다. 미니를 지키지 못한 나 자신이 원망스러웠다.

방송부 면접

　고등학생이 되면 방송부에 들어가고 싶었다. 내가 틀어 주는 음악을 들으며 아이들이 등교하는 모습을 꿈꿔 왔기 때문이다. 게다가 알고 보니 우리 학교 방송부는 역사와 전통을 자랑하기로 유명했다. 방송부의 우정은 피보다 진하다는 말이 있을 정도로 동기들끼리 친하고 선후배간의 유대도 끈끈해서, 학교 졸업장보다 방송부 경력을 더 쳐 준다는 말이 있을 정도였다. 나는 끈끈한 우정이 필요한 건 아니었지만, 내가 고른 곡이 교실과 교정에 울려 퍼지고 아이들이 그걸 들으며 "지금 나오는 노래 너무 좋아"하고 행복해하는 모습을 보고 싶었다.

　오늘 드디어 복도 게시판에 방송부를 모집한다는 포스터가 붙었다. 인기가 많은 만큼 지원자 수도 엄청날 것 같았다. 모집 절차를 보니 자기소개서를 제출하고 면접도 봐야 했다. 만만치 않은 경쟁일 듯싶었다.

반 아이 몇몇이 게시판 쪽으로 다가왔다. 반에서 시끄럽고 말을 거침없이 하는 것으로 유명한 아이들이었다. 자기들끼리 한참을 뭐라고 떠들더니 한 명이 나를 힐끔 쳐다보았다. 별명이 '댓글맨'인 아이였는데, 반에서 무슨 일이 있을 때마다 댓글 달듯이 한마디씩 하는 바람에 담임선생님이 붙여준 별명이었다.

"고수민, 너도 방송부 들어가려고?"

말투가 예사롭지 않았다. 뭔가 못마땅하다는 눈치였다.

"으응⋯⋯."

내가 대답하자 댓글맨이 기다렸다는 듯이 말했다. 그냥 넘어가지 않을 모양이다.

"고수민, 너 같은 성격은 방송부랑 안 어울려. 거기는 인싸들만 모이잖아. 친구들 많고 끼 많고."

댓글맨이 이마에 난 여드름을 검지 끝으로 문지르며 충고하듯이 말했다. 듣고 보니 그런 것 같긴 했다. 하지만 방송부에 활발하고 인기 있는 애들만 필요할까? 나 같은 아이도 필요하지 않을까? 나는 애들이 들으면 좋아할 음악을 많이 알고 있는데⋯⋯.

댓글맨이 한마디 덧붙였다.

"성격도 밝아야 해. 그런 의미에서 너는 좀 안 어울려."

틀린 말은 아니었다. 방송부에서 선배, 친구들과 어울리려면 사교적인 것이 좋긴 하다. 맞는 말이기는 하지만 기분이 나빴다. 댓글맨 옆에 있던 아이가 끼어들었다.

"야, 뭐야. 지금 고수민 디스하는 거야?"

"아니, 고수민만 그런 게 아니라 우리는 다 안 된다고. 방송부에 뽑히는 애들은 특별한 애들이야. 따로 있다니까."

아이들이 자기들끼리 실없는 소리를 하며 교실로 들어갔다. 그런 말을 들으니 더욱 자신이 없어졌다. 복도 벽에 붙은 방송부 포스터가 하늘 끝에 매달린 것처럼 느껴졌다.

'아무래도 어렵겠지?'

지원했다가 떨어지면 아이들이 비웃을 것이 분명했다. 하지만 고등학생이 되면 가장 하고 싶었던 일인데 포기하고 싶지 않았다. 지레 포기한다면 나 자신이 너무 싫을 것 같았다. 며칠 동안 고민하다가 어떻게든 부딪혀 보기로 했다. 자기소개서를 제출하고 면접을 대비한 예상 질문을 뽑아 준비했다. 혼자서 중얼거리며 연습을 하려니 어색했지만, 그래도 나름 최선을 다했다.

드디어 면접 날이 되었다. 총 5명을 뽑는데 지원자가 60명이 넘었다. 방송부의 인기를 실감할 수 있었다. 다른 지원자들의 면접이 치러지는 동안 남은 사람들은 방송실에서 가까운 1학년 9반 교실에서 대기했다. 인원이 많다 보니 의자가 모자라서 책상에 앉아 있는 아이도 있었고 뒤쪽의 사물함에 걸터앉은 아이도 있었다. 멀뚱멀뚱 기다리고 있는데 방송부 선배 한 명이 들어왔다. 선배라는 사실 하나만으로도 멋져 보였고, 나와는 다른 세상에 사는 사람처럼 보였다.

"여러분! 기다리느라 지루하시죠?"

"네에!"

"기다리는 동안 제가 이야기 하나 해 드릴게요. 조금 슬픈 이야기예요."

슬픈 이야기라는 말에 아이들이 호기심 어린 표정으로 선배를 바라봤다.

"우리 학교 역사가 100년도 더 된 것 알고 있죠? 일제강점기에 개교했으니까요. 역사가 오래된 만큼 전설이나 괴담도 많이 전해져요. 여러분은 아직 잘 모르겠지만 앞으로 많이 듣게 될 거예요. 들은 다음에는 모르는 친구들에게 꼭 얘기해 주세요. 학교 괴담을 널리 널리 전하는 것이 학생의 임무잖아요."

몇몇 아이들이 웃었다. 선배는 다시 진지한 표정으로 이야기를 이어갔다.

"지금 제가 이야기하려고 하는 것은 괴담이 아니라 실화예요."

선배의 말에 아이들이 "실화래 실화"라며 웅성댔다.

"오래전에 방송실에 화재 사고가 난 적이 있어요. 지금은 없어졌지만, 그 당시에는 방송부에서 매년 방송제를 했거든요. 방송부원들이 여러 프로그램을 준비해서 발표하는 행사죠. 그걸 준비하느라 방송부원 몇 명이 휴일에 나왔다가 실수로 불을 내고 말았어요. 방송실에 있던 부원들은 급히 대피했죠. 그런데 밖에 나온 후에야 한 사람이 안 나온 걸 알게 된 거예요. 연기 때문에 쓰러져서 나오지 못한 거죠. 무사히 대피했던 부원들은 친구를 구하기 위해 다시 방송실로 뛰어들어 갔어요."

선배의 이야기에 한참 빠져 들던 아이들이 낮게 탄성을 질렀다. 정말 대단한 우정이었다. 친구를 구하기 위해 위험을 무릅쓰고 돌아가다니. 나라면 그렇게 할 수 있을까라는 생각이 들었다. 선배의 이야기는 계속되었다.

"그들은 불길을 뚫고 방송실로 갔지만, 안타깝게도 친구를 구하지 못했어요."

결국 친구를 구하지 못하고 돌아왔단 말인가. 아이들 눈동자에 실망의 빛이 비쳤다.

"그리고 친구를 찾으러 간 부원들도 살아 나오지 못했어요. 모두 시신으로 발견되었어요. 모두 다……."

"아아……."

여기저기서 탄식이 터져 나왔다. 예상하지 못했던 결말이었다. 연기에 질식해서 모두 죽다니. 선배가 실감 나게 이야기를 해서 그런지 아주 오래전에 있었던 사건인데도 마치 얼마 전에 일어난 일처럼 생생하게 느껴졌다.

"그래서 방송부에서는 이런 이야기가 전해져요. 그 선배들이 가끔 방송실에 찾아온다고요."

선배의 말에 아이들이 웅성거렸다.

"가끔 그럴 때가 있거든요. 분명히 전날 콘솔 전원을 끄고 갔는데 아침에 와 보니 켜져 있는 거예요. 그사이 올 사람은 아무도 없는데 말이에요. 그뿐만이 아니에요. 가끔 녹음 부스 전등이 파르르 떨리면서 꺼졌다 켜졌다 할 때가 있어요. 차라리 꺼지면 고장났나 보다 할 텐데, 그게 아니라 꺼졌다 켜졌다를 반복하다가 다시 켜지거든요. 그럴 때 우리는 선배들이 지금 왔다 간 거라고 이야기해요. 왔다고 신호를 보내는 건데 우리가 못 알아들은 거라고요."

아이들은 소름 돋는다며 팔뚝을 문지르기도 하고 입을 틀어막기도 했다. 나 역시 귀신이 옆에 오기라도 한 듯이 오싹한 기분이 들었다.

이야기를 마치고 선배가 나가자 아이들은 몇몇씩 모여 각자 알고 있는 학교 괴담을 경쟁하듯 쏟아내기 시작했다. 일제강점기 때 일본인 선생이 학교 지하에 묻어 두었다는 금괴 이야기, 창문에서 뛰어내려 죽은 학생의 귀신이 밤이 되면 5층 탈의실에 나타난다는 이야기 등등. 그러는 동안에 방송부 선배들은 지원자를 5명씩 불러서 면접을 진행했다. 나는 끝에서 두 번째 그룹이었다.

면접을 마치고 나오면서 절망했다. 예상 질문은 하나도 나오지 않았고, 쉬운 질문도 너무 떨려서 대답을 제대로 못 했기 때문이다. 저절로 겉옷을 벗게 되는 봄 날씨인데도 손발이 덜덜 떨렸으니까 말할 것도 없었다.

'고수민, 이보다 더 망할 수도 없겠다.'

합격인지 불합격인지는 오늘 안에 문자로 보내준다고 했지만, 확인할 필요도 없을 것 같았다. 처음부터 방송부는 나에게 어울리지 않는 옷이었다. 댓글맨의 말이 맞았다. 방송부는 똑똑하고, 밝고, 목소리도 크고, 친구도 많은 애가 가는 곳이 맞았던 것이다.

'백 퍼센트 떨어졌어. 기다릴 것도 없어.'

퇴근한 엄마가 장바구니에서 물건을 꺼내다가 나를 빤히 바라보며 말했다.

"참, 오늘 방송부 면접 본다고 했던가?"

"완전히 망쳤어. 기대하지 마."

어제 엄마에게 중얼중얼하며 연습하는 걸 들키는 바람에 면접 얘기를 털어놓고 말았는데, 이럴거면 거짓말로 대충 얼버무릴 걸 그랬나 보다.

"에구, 그것들이 능력자를 못 알아보는 거지."

"내가 무슨 능력자야?"

"초능력이 있으니까 능력자지."

엄마는 된장찌개에 넣을 두부를 썰며 말했다. 나는 다른 사람보다 귀가 예민한 편인데 엄마는 그걸 초능력이라고 추켜세워 주곤 했다. 엄마가 말하는 초능력이라는 것이 말처럼 대단한 것은 아니다. 가끔 남들이 못 들은 것을 듣거나 멀리서 희미하게 들리는 소리를 정확히 알아듣는 정도가 고작이다. 어렸을 때부터 엄마 가방 속에서 울리는 휴대폰 벨소리를 내가 먼저 듣고 알려 주곤 했다.

"엄마, 전화 왔어."

그러면 엄마는 허둥지둥 가방에서 휴대폰을 꺼내며 눈을 동그 랗게 뜨고 말했다.

"이 소리가 들렸어?"

그럴 때면 괜히 우쭐해져서 고개를 끄덕였다. 그뿐만이 아니다. 소음이 심한 곳에서도 특정한 소리를 식별해 낼 수 있었다.

"엄마, 누가 부르는 것 같아."

"누가 날 불러? 안 들리는데?"

"아니야. 이모 목소리가 들려."

엄마는 가던 길을 멈추고 주변을 둘러보았다. 진짜로 멀리서 이모가 우리를 부르며 허겁지겁 오는 모습을 보면서 엄마가 말했다.

"와, 정말 희한하네. 어떻게 저기서 부르는 소리가 들린담."

엄마가 자주 그렇게 말해 주니까 한때는 내가 정말로 초능력을 갖고 있을지도 모른다고 생각했다. 하지만 그런 생각은 곧 사라 졌다. 내가 초능력이 있는 게 아니라, 어른들이 못 듣는 소리가 많은 것뿐이다. 가만 보면 어른들은 듣고 싶은 소리만 듣는 것 같다. 자신에게 불리한 소리는 못 들었다고 잡아떼기도 한다.

사실 소리를 잘 들어서 꼭 좋은 것만도 아니다. 엄마의 한숨 소리, 어른들이 혀 차는 소리, 아이들이 나에 대해 수군대는 소리까지 다 들어야 했다. 어떤 소리는 듣지 않는 편이 나을 때도 있는데 말이다.

"수민이? 그러엄 잘하지. 공부도 잘하고 인기도 꽤 많아. 얘가 나 닮았잖아."

초등학교 3학년 때였던 것 같다. 엄마는 누군가와 통화하면서 나에 대해 그렇게 말했다. 나는 엄마가 과장해서 말한다고 생각했다. 나는 공부도 그저 그렇고 인기도 별로 없었기 때문이다. 그 후에 나는 공부는 더 시원찮아졌고 인기는 더더욱 없는 아이가 되었지만, 엄마의 대사는 바뀌기는커녕 점점 더 과장되고 거짓투성이가 되었다.

"수민이는 중학교 와서도 잘해. 애가 새벽까지 공부한다니까…… 그럼, 인기 많지. 친구들이 수민이를 좋아해."

예전과 달라진 게 있다면 이제는 엄마가 슬쩍 휴대폰을 들고 방으로 들어간다는 점이다. 내가 듣고 있다는 사실이 신경이 쓰였을 것이다. 하지만 방문을 닫고 있어도 엄마의 통화 소리는 언제나 다 들렸다. 나는 잘 듣는 아이였으니까. 엄마가 하는 말은 사실과 다를 때가 많았다.

"수민이 아빠? 요즘 너무 바쁘대. 농장이 한창 바쁠 때잖아. 그러지 않아도 이번에는 진짜 일주일 정도 날 잡아서 해외여행 가려고 했는데 도저히 시간을 낼 수가 없다네."

아빠가 농장에 있는 것은 사실이었다. 하지만 아빠는 바빴던 적이 없었다. 큰집 농사는 큰아버지와 큰엄마가 해도 충분했다. 하지만 아빠는 일손을 돕는다며 고향으로 내려가 버렸다. 다니던 회사가 문을 닫은 지 6개월 만의 선택이었는데, 그쯤이 내가 초등학교를 졸업할 무렵이었으니까 벌써 4년째였다. 아빠가 매달 엄마에게 돈을 얼마씩 부치기는 하는 것 같았지만, 우리 생활비는 대부분 엄마의 월급으로 충당해야 했다.

"어휴, 나는 내려가기 싫어. 농장 일이 얼마나 힘든데. 수민 아빠도 고생하니까 내려오지 말래. 그이가 주말마다 올라오는데 뭘……."

역시 사실이 아니었다. 아빠는 두세 달에 한 번 정도 올라와서 하룻밤만 자고는 도로 내려갔기 때문이다. 처음에는 엄마가 남들에게 거짓말하는 것이 듣기 싫고 괴로웠다. 그런데 시간이 지날수록 점점 익숙해지고 무뎌졌다. 가끔 엄마의 거짓말에 새로운 에피소드가 추가될 때면 귀를 쫑긋하게 세우고 그것이 진실과 얼마나 다른지 가늠해 보기까지 했다.

그러다 언젠가부터 내가 엄마의 거짓말이 남들에게 들통나지 않도록 신경을 쓴다는 것을 깨달았다. 그런 나를 발견했을 때의 기분은 뭐라고 설명해야 할까? 마치 내가 딛고 있는 바닥이 늪이라도 된 것처럼 조금씩, 조금씩 가라앉는 기분이었다.

중학교를 다니는 동안 나는 점점 더 말이 없고 친구도 없는 아이로 변해 갔다. 엄마도 나의 그런 변화를 눈치챈 것 같았다. 하지만 엄마 통화 속의 나는 여전히 친구들과 잘 지내고 공부도 잘하는 멋진 아이였다.

고등학교에 지원할 때 제1지망으로 집에서 가까운 고등학교를 썼다. 우리 학교 아이들이 많이 진학하는 학교이기도 했다. 하지만 나는 1지망, 2지망에 모두 떨어지고 3지망 학교에 배정되고 말았다. 명문대 진학률이 높기로 유명한 곳이라 대체로 공부 잘하는 아이들이 지망하는 학교였다. 당연히 1, 2지망 중 한 군데에 배정받을 줄 알았기 때문에 3지망 학교로 가게 될 줄은 상상도 못 했다. 예상과는 다른 결과였으나, 엄마는 딸이 명문 학교에 다니게 됐다는 사실이 꽤 마음에 드는 모양이었다. 혹시나 그동안의 거짓말이 사실이 될까 기대하는 것 같기도 했다.

"수민아, 이왕 이렇게 된거 방송부 같은 걸 할 게 아니라 공부를 해."

엄마가 밥을 퍼서 내 앞에 놓으며 말했다.

"엄마! 우리 학교 애들 다 죽어라 공부만 하는 애들이야. 괜한 기대 하지도 마."

"너도 죽어라 하면 되잖아."

"나는 죽기 싫어."

"말장난할래?"

엄마가 눈을 흘기며 밥을 먹기 시작했다. 나는 더 이상 토를 달지 않았다. 엄마는 말싸움에서 지는 걸 싫어하기 때문에 여기서 더 말했다간 이야기가 길어질 것 같았다.

저녁을 먹은 후 내 방 침대에 기대어 앉아 음악을 들었다. 이어폰이 먹통이 될까 봐 조마조마한 마음으로 노래를 듣고 있는데 휴대폰으로 문자가 왔다.

안녕하세요. ○○고등학교 방송부입니다.

죄송합니다. 불합격입니다.

관심을 가져 주서서 감사합니다.

예상은 했지만 실제로 결과를 통보 받으니 기분이 정말 이상했다. 마치 심장이 저 아래 깊은 바닷속까지 순식간에 후욱, 가라앉는 것 같았다. 지금껏 가 보지 못한 깊디깊은 곳까지.

'아무도 나를 알아주지 않는구나.'

나는 두 다리를 팔로 감싸안은 뒤 무릎에 얼굴을 파묻었다.

'왜 아무도 내 목소리를 들어주지 않을까?'

마치 끝이 안 보이는 계단을 눈앞에 둔 기분이었다. 상상 속에서 나는 한 발, 한 발 내려간다. 점점 어두워지면서 딛고 선 바닥과 발이 보이지 않았다. 발아래의 감각이 이상하다고 느껴질 때 고개를 확 들어 버렸다. 방 천장의 환한 조명이 얼굴로 쏟아졌다. 나는 눈을 감은 채 잠시 그렇게 있었다. 마지막으로 품고 있던 희망이 사라진 기분이었다. 나는 여기서 빠져나갈 수 있을까?

다차원

"수민아, 할 얘기가 있는데 잠시 시간 좀 내줄래?"

책상에 엎드려 있다가 누가 말을 걸어서 일어났더니 세진이가 내 앞에 서 있었다. 나한테 갑자기 시간을 내 달라니 무슨 일인 걸까? 깜짝 놀란 바람에 내가 바로 대답을 못 하자 세진이가 생긋 웃으며 말했다. 긴 생머리를 하나로 단정하게 묶은 모습은 언제 봐도 깔끔하고 차분해 보였다.

"오늘 수업 끝나고 잠깐 시간 괜찮아?"

도대체 무슨 일일까? 설마 나쁜 일은 아니겠지? 나는 여전히 이어폰 사건 후유증에 시달리고 있어서 갑자기 반 아이들이 말을 걸면 마음이 불안해졌다. 대개 나를 무시하는 행동과 빈정거리는 말투가 함께 따라왔기 때문이다. 하지만 이번만큼은 뭔가 달랐다. 세진이의 말투는 다정했다.

"무, 무슨 일인데?"

"이따가 얘기해 줄게."

기분이 이상했다. 따로 시간을 내야 할 정도로 세진이가 내게 할 이야기가 있다니.

세진이를 중심으로 우리 반에는 특별한 그룹이 있다. 아이들은 그들을 '다차원'이라고 불렀다. 다른 차원에 사는 아이들. 앞으로도 다른 차원에서 살아갈 아이들. 부러움과 선망이 섞인 호칭이었다. 세진이를 비롯한 네 명의 아이들은 학기 초부터 팀을 짜서 입시 준비를 시작했다고 들었다. 학원도 같이 다니고, 봉사도 같이 하고, 맞춤 과외까지 함께하는 모양이었다. 아무래도 같은 반이다 보니 과외 시간표 짜기도 편하고 봉사 시간을 맞추기도 좋을 것이다. 1학년이 되자마자 입시 팀을 꾸린다는 게 대단하다고 느껴질 수도 있겠다. 하지만 그들의 입시 레이스는 지금 시작된 것이 아니다. 이미 오래전에, 중학생도 아닌 초등학생 때부터, 아니 그 전부터 진행중이었을 것이다. 같은 교복을 입고 한 교실에 함께 있다고 해서 같은 세상에 사는 건 아니었다.

그 애들은 벌써 상장도 여러 개 챙겼다. 3월에 있었던 논술경시대회에서 네 명 모두 상을 탔고, 4월 초에 열렸던 학생 모의 법정에는 팀으로 출전해 금상을 받았다. 담임선생님이 상장을 나눠줄 때마다, 그 애들만 릴레이 경주라도 하듯이 매번 줄줄이 나와 상장을 받아 갔다. 이대로라면 학년 말에 네 사람이 받은 상장만 모아도 책 한 권은 거뜬할 것 같았다.

그런데 그중 한 명이 얼마전 갑자기 전학을 갔다. 그 애의 성적이 넷 중에 꼴찌였다는 이야기가 아이들 사이에 오르내렸다. 내신이 밀릴 것 같으니 경쟁이 덜 심한 학교로 옮겨 간 모양이었다. 오로지 내신 성적을 위해 잘 다니던 학교를 그만두고 전학을 가다니. 내게는 딴 세상 이야기 같았다.

수업이 끝난 후 세진이가 데려간 곳은 방송실이었다. 그곳에는 다차원 멤버이자 방송부원인 송한결이 기다리고 있었다. 우리 반에서는 나를 포함해 대여섯 명 정도가 방송부에 지원했었는데, 그중 한결이만 붙었다. 그때 아이들은 될 만한 애가 되었다고 말했다. 한결이는 성적은 말할 것도 없고, 워낙 말주변이 좋고 친화력도 있어서 그 애가 있으면 주변 분위기가 밝아졌다. 어찌 보면 애초부터 나와는 경쟁이 안 되는 아이였던 것이다.

"어, 고수민. 왔냐?"

방송실 테이블 위에 어지럽게 널려 있는 책과 자료를 치우던 한결이가 나를 보고 알은체를 했다. 교실에서는 한 번도 대화를 나눈 기억이 없어서인지, 그 애가 내 이름을 아는 게 신기했다. 그나저나 한결이까지 불러서 세진이가 내게 하려는 이야기가 대체 뭘까? 내 생각을 알아챘는지 세진이가 살가운 태도로 물었다.

"수민이 널 부른 건 다른 게 아니라 우리랑 같이 봉사할 수 있는지 물어보려고."

듣는 순간 내 귀를 의심할 수밖에 없었다. 내가 다차원 아이들이랑 봉사를 한다고? 진짜로 나한테 묻는 거 맞아? 왜 나한테 같이 하자고 하는 거지? 내가 어리둥절한 표정으로 그 애들을 바라보고 있으니까 세진이가 덧붙여서 말했다.

"장애아동 쉼터에서 주말에 하는 생일 파티를 도와주는 봉사야. 파티 준비하고 뒷마무리까지 한두 시간 정도면 되는데 봉사 시간은 총 4시간 주거든. 완전 꿀이지."

솔직히 나는 단체 봉사밖에 한 게 없어서 다른 아이들에 비해 봉사 시간이 형편없이 적었다. 어차피 성적이 상위권이 아니면 생활기록부의 봉사 이력을 활용할 일이 없으니까 신경 쓰지 않아도 될 것 같았다. 하지만 이 아이들은 나와 다를 것이다. 상위권 아이들에게는 꾸준하고 성실한 봉사 경력이 필요하니까.

"그런데 왜 하필…… 나한테?"

내가 들어도 내 목소리는 잔뜩 주눅이 들어 있었다. 그러자 한결이가 대수롭지 않다는 듯이 대답했다.

"너 봉사하는 거 없잖아. 다른 애들은 다 개인 봉사 하나씩 하고 있는데."

내가 개인 봉사 기록이 없는 건 어떻게 알았을까? 혹시 아이들끼리 내 뒷담화라도 한 걸까? 고수민은 같이 할 사람이 없어서 봉사도 못 한다고? 내가 아무 말도 못 하고 있자 세진이가 끼어들며 말했다.

"너도 알겠지만 우리가 지금 한 명이 전학 가서 봉사 인원이 모자라. 네가 같이해 주면 좋을 것 같아. 별로 어려운 봉사 아니야. 우리 엄마가 아시는 목사님이 운영하는 곳인데, 좋은 뜻으로 어려운 사람들 돕는 곳이야. 봉사하면서 보람도 느낄 수 있을 거야."

다차원 멤버 한 명이 전학 가서 빈 자리를 내가 채운다니. 과연 내가 해도 될까? 나는 선뜻 대답을 하지 못했다.

"너한테 손해는 아닐걸?"

한결이가 살짝 거들먹거리는 태도로 말하자 세진이가 눈살을 찌푸리며 덧붙였다.

"윈윈이지. 수민이가 같이 하면 우리도……."

갑작스러운 제안이 당황스러웠지만 거절할 이유가 없는 건 사실이었다. 게다가 두 사람이 적극적으로 권하니 거절하기도 힘들었다.

"알았어. 할게."

내가 대답하자 세진이가 잇몸을 드러내며 환히 웃었다.

"수민아, 너 잘할 것 같아."

뭘 잘한다는 것인지는 모르겠지만, 세진이가 진심으로 좋아하는 것 같아서 방금까지 피어오르고 있던 의구심이 사르르 녹았다.

용건이 끝나자 세진이와 한결이는 자기들끼리의 대화를 이어갔다. 양이 너무 많다며 불평하는 걸 보니 학원 숙제 이야기를 하는 것 같았다. 가만히 듣고만 있기가 어색해서 방송실 내부를 둘러보는 척했다. 그러자 한결이가 친절한 방송부원처럼 말했다.

"구경하고 싶으면 해도 돼."

"아, 고마워."

"구경은 괜찮은데 만지는 건 안 돼."

그렇게 말하며 한결이는 녹음 부스와 콘솔을 손으로 가리켰다. 나는 알았다는 뜻으로 고개를 끄덕인 후 일어나서 천천히 구경했다. 면접 때 들어와 보기는 했지만, 그날은 너무 긴장해서 제대로 둘러보지도 못했다. 내가 방송실을 구경하는 동안 세진이와 한결이는 과외 선생님 이야기를 하기 시작했다. 저 아이들을 가르치는 선생님은 아주 실력 있는 선생님이겠지? 과외비도 매우 비쌀 것이다. 학원을 다니면서 과외까지 한다는 건 돈깨나 있는 집이 아니고는 어려운 일일 것이다.

방송실은 생각보다 좁았다. 왼쪽에 녹음 부스가 있고 그 앞에는 음향용 믹서와 이퀄라이저가 설치된 콘솔이 있었다. 녹음 부스에 들어가 보고 싶었지만 안 된다고 할 것 같아서 밖에서 들여다보기만 했다. 방송실 가운데에는 회의용 테이블과 의자가 놓여 있고 오른쪽에는 방송부용 자료실이 있었다. 자료실 문이 활짝 열려 있어서 안에 있는 물건들이 훤히 보였다. 책과 장비를 올려둔 선반과 작은 책상 하나가 전부였는데, 책상 아래에 무언가 떨어져 있는 것이 보였다. 다가가서 봤더니 검은색 무선 이어폰이었다. 이게 왜 여기에 떨어져 있을까? 나는 이어폰을 주워서 한결이에게 내밀었다.

"이거 바닥에 떨어져 있는데?"

한결이가 힐긋 보더니 말했다.

"아, 그거 주인 없는 거야."

"주인이 없다고?"

"분실물 보관함에 한참 됐는데도 주인이 안 찾아갔어. 누가 버린 건지⋯⋯."

"멀쩡해 보이는데?"

그러자 한결이가 귀찮은 듯 대답했다.

"그럼 너 가져. 선배들이 아무나 쓸 사람 있으면 가지라고 했어."

옆에서 듣고 있던 세진이가 거들었다.

"참, 너 이어폰 잃어버렸잖아. 그거 쓰면 되겠다."

한 달이 지난 일인데도 세진이는 마치 얼마 전에 일어났던 일처럼 말했다. 그때의 기억은 누구에게나 강렬했던 모양이다. 솔직히 솔깃했지만 갖다 쓰고 싶지 않았다. 남이 쓰던 물건이고 주인이 있을지도 모르는데, 내키지 않았다.

"누구 건지도 모르는데 어떻게 가져."

이렇게 말하고 이어폰을 테이블 위에 두었다. 올려놓고 돌아서는데 왠지 망설여졌다. 나는 이어폰을 다시 집어 유심히 살펴보았다. 브랜드 로고도 없고 한 번도 본 적 없는 디자인의 이어폰이었다. 한결이가 덧붙였다.

"아무도 안 가져가면 그냥 버려야지, 뭐."

"버린다고?"

한결이는 진짜로 이어폰을 쓰레기통에 버릴 기세였다. 이렇게 멀쩡한데 버린다니, 말도 안 돼. 나는 이어폰을 교복 치마 주머니에 넣었다.

"그럼 내가 갖고 있을게. 혹시 찾는 사람 있으면 알려 줘."

"아무도 안 찾는다니까."

한결이가 무신경하게 대답했다.

방송실에서 나와 집으로 가면서 주머니에 든 이어폰을 만지작거렸다. 누구 것인지도 모르는 이어폰을 덥석 가져오다니 제정신이 아닌 것 같았다. 아무리 생각해 봐도 뭔가 이상했다. 분명히 처음에는 가져올 마음이 없었는데, 버려진다고 생각을 하니 나도 모르게 가져와 버리고 말았다.

'잠시 정신이 나갔나?'

그렇다고 다시 갖다주는 것도 우스웠다. 다차원 아이들 앞이라 긴장했던 게 분명하다. 게네들이 뭐 그렇게 대단하다고 쫄고 그랬을까. 스스로 생각해도 창피했다. 솔직히 아직까지도 봉사를 같이 하자고 한 말이 진심인지 의심스러웠다.

그러나 나의 의심을 날려 버리려는 듯 그날 저녁 휴대폰 알림이 바쁘게 울렸다. 내가 정말로 다차원 단톡방에 초대된 것이다.

김세진: 수민아 안녕!

단톡방에는 세진이 말고 두 명이 더 있었다. 송한결과 위현수였다. 한결이는 환영 인사 대신 우스꽝스러운 이모티콘을 보냈다.

김세진: 이번 주말 생일 잔치 봉사.
　　　　도담 사랑의 집, 오후 다섯 시, 시간 엄수!
　　　　약도 보내줄게.

곧바로 약도 이미지가 올라왔다. 역시 세진이다웠다. 늘 빈틈없고 일 처리가 정확해서 반 회장을 하면서도 아이들에게 욕을 먹은 적이 없었다.

송한결: 고수민의 멋진 활약을 기대할게.

한결이가 보낸 마지막 말이 무슨 뜻인지 잠시 생각했지만 알수가 없었다. 봉사 열심히 하라는 뜻일까?
위현수는 방송실에서도 안 보이더니 톡방에서도 메시지를 읽지 않았다. 한참이 지나도 그 애 몫의 '1'은 사라지지 않았다. 하긴 위현수라면 문자나 톡 따위 가볍게 넘겨도 이상하지 않다. 그 애는 평소에도 말이 없는 편이었다. 같은 다차원이라도 한결이의 주변은 늘 시끌시끌했지만 위현수는 무뚝뚝한 성격 탓인지 있는 듯 없는 듯 조용했다. 그럼에도 교실 안에서 위현수의 존재감은 무시할 수 없었다. 배치고사에서 세진이에게 전교 1등을 빼앗겨서 2등이 되긴 했지만, 같은 중학교 출신인 아이들이 이야기하는 것을 들어 보니 중학교 내내 전교 1등을 놓친 적이 없다고 한다. 타고난 수재라고나 할까. 그래서인지 아이들은 세진이에게 1등을 빼앗긴 것이 위현수 입장에서는 좀 충격이었을 거라고들 했다. 하지만 위현수가 진짜 그렇게 생각하는지는 알 수 없다. 원체 말도 없고 표정 변화도 없는 아이라서 무슨 생각을 하는지 알기 어려웠기 때문이다.

단톡방까지 초대되었지만 여전히 현실감이 없었다. 개학 첫날부터 내내 혼자였는데 갑자기 반에서 가장 존재감 있는 아이들과 함께 어울리게 되다니. 단톡방에 있는 아이들을 보다 보니 나 자신이 초라하게 느껴졌다. 다들 저렇게 자신의 미래를 향해 달려가는데 나는 뭐하고 있는 걸까. 나는 그저 학교를 그만두지 않는 것이 목표인데……. 뭘 어떻게 하겠다는 계획도 없이 전학 가는 것도 두렵고, 학교를 그만둘 용기도 없이 그저 그만두지 못해서 계속 다닐 뿐인데……. 이 아이들이 서 있는 곳과 내가 서 있는 곳은 어쩜 이렇게 다를까.

토요일 오후, 세진이가 알려준 대로 봉사 장소로 향했다. 버스에서 내려서 지도 앱을 켜니 족히 15분은 걸어가야 하는 곳에 있었다. 시간에 맞춰 도착하려면 뛰어야 했다. 나는 가방을 바투 메고 뛰기 시작했다. 숨이 차서 도저히 더 뛸 수 없을 것 같을 때 '도담 사랑의 집'이라는 간판이 보였다. 멈춰 서서 숨을 고르는데 사랑의 집 앞에 승용차 한 대가 서는 것이 보였다. 잠시 후 세진이가 차에서 내렸다. 그 애가 건물 안으로 들어가는 것을 보며 걸음을 서둘렀다.

나를 보고 세진이가 환하게 웃으며 말했다.

"역시 수민이는 칼같이 시간 지키네. 얘네들은 언제 오려나?"

세진이가 들고 있는 봉사활동 출석부에는 다차원 아이들의 이름이 적혀 있었다.

"목사님께 말씀드렸어. 오늘부터 너도 온다고."

그러면서 내 이름과 인적 사항을 자신들의 이름 아래에 적으라고 했다. 시키는 대로 적자 세진이가 내 이름 옆 오늘 자 출석 난에 동그라미를 쳤다. 그러면서 자신과 다른 아이들 칸에도 모두 출석 표시를 했다. 한결이와 위현수, 두 사람은 아직 도착하지 않았지만 모두 출석한 셈이 되었다.

세진이는 나를 데리고 주방으로 갔다. 그곳에는 생일 파티에 쓸 간식과 케이크가 있었고, 우리는 그것을 생일 파티가 열리는 소망 홀로 날랐다. 사랑의 집 원생들은 복도와 계단에서 마주칠 때마다 호기심 가득한 얼굴로 나를 바라보았다. 대부분 지적장애를 가지고 있는 어린이라고 했다. 그들이 나를 쳐다보며 소리 내어 웃을 때마다 신경이 쓰였다. 이런 내 마음을 알았는지 세진이가 소곤거렸다.

"처음에는 조금 어색하지만, 시간이 지나면 익숙해질 거야."

세진이는 아이들에게 밝게 인사하며 안부를 물었다. 그 모습이 마치 천사처럼 보였다. 그러고 보니 세진이 장래 희망이 의사라고 들은 것 같기도 하다. 왠지 하얀 가운을 입으면 잘 어울릴 것 같았다. 세진이라면 아픈 아이들을 천사처럼 돌보는 훌륭한 의사가 될 수 있을 것이다. 이런 곳에서 봉사하는 것도 아마 그 꿈을 이루기 위한 준비 과정이겠지? 오늘따라 세진이가 더욱 대단해 보였다.

"어머, 못 보던 학생이네요?"

소망홀을 풍선으로 꾸미고 있는데, 온화한 인상의 중년 여성이 우리에게 다가와서 물었다.

"원장님, 오늘부터 봉사하는 고수민이에요."

세진이가 나를 소개하길래 얼른 고개를 숙여 인사했다.

"어머, 학생도 공부 잘해요? 우리 사랑의 집에 오는 학생들 다 전교권이라고 들었는데……. 잘 부탁해요."

원장님은 과장되게 밝은 목소리로 몇 마디하고는 잔칫상에 놓을 떡을 가져온다며 사라졌다. 잠시 후, 원생들이 모두 모였고 생일 파티가 시작되었다. 한결이는 늦게라도 도착해 합류했지만 위현수는 끝까지 나타나지 않았다.

세진이는 준비하는 내내 내게 휴대폰을 내밀며 사진을 찍어 달라고 했다. 세진이는 봉사하는 모습을 찍는 동안 다양하게 포즈를 취했다. 봉사 경험이 많아서 그런 건지, 똑똑해서 뭐든 잘 하는 건지는 모르겠지만 사진도 분위기 살려서 잘 찍었다.

'와아, 대단하다. 공부는 말할 것도 없고 봉사심에 리더십까지 갖추었네. 게다가 그 모든 걸 기록으로도 남기고 있잖아!'

세진이를 보고 있으니 나는 정말 엉터리로 살고 있다는 자괴감이 들었다. 나도 저 애가 하는 대로 따라 하고 공부하면 무언가를 꿈꿀 수 있을까? 어쩌면 이 아이들과 봉사를 하게 된 것이 내게 좋은 기회가 되지 않을까? 이런 생각을 하고 있는데 누군가 어깨를 툭툭 쳤다. 가방을 챙긴 세진이가 내 귀에 조그맣게 속삭였다.

"수민아, 나 먼저 갈게."

"뭐?"

"과외 있어서 엄마가 데리러 왔거든."

뒤통수를 한 대 맞은 기분이었다. 생일 파티는 이제 시작인데?

"벌써?"

"응, 너도 대충 눈치 봐서 가."

세진이는 급하게 몇 마디 남기고 소란한 틈을 타 사라졌다. 주변을 둘러보니 한결이도 이미 사라지고 없었다.

'얘네들 뭐지? 봉사하다 말고 중간에 가다니…….'

갑자기 미아가 된 것 같았다. 주변은 왁자지껄한 분위기였지만 나는 혼자 어쩔 줄 몰라 가만히 서 있었다. 여기에 계속 있는 것이 맞나? 나도 쟤들처럼 가방을 싸서 가야 하나? 하지만 무언가를 생각할 사이도 없이 파티가 시작되었고, 나는 꼼짝없이 손뼉을 치며 생일 축하 노래를 불러야 했다. 생일을 맞은 원생들 앞에 놓인 케이크의 초에 선생님이 불을 붙였다. 생일을 맞은 원생들이 한꺼번에 촛불을 끄자 모두 소리를 지르며 손뼉을 쳤다.

사랑의 집 선생님이 케이크를 잘라 나눈 후 원생들에게 나눠줬다. 그러다가 원생 하나가 케이크를 바닥에 떨어뜨리고 말았다. 그아이가 뭉개진 케이크를 집으려고 고개를 숙이는 바람에 테이블위에 있는 과자 접시까지 바닥으로 떨어지고 말았다. 다행히 접시는 깨지지 않았지만, 과자 조각이 여기저기로 튀면서 테이블 밑이 과자와 케이크로 엉망이 되었다. 선생님들이 서둘러 생일 파티를 마무리하고 아이들을 데리고 소망홀을 나갔다.

'이제 다 끝난 건가? 어떡해야 하지?'

어정쩡한 자세로 서 있는데, 자원봉사 아주머니가 내게 빗자루를 내밀며 말했다.

"뒷정리는 하고 가야지?"

나는 엉겁결에 빗자루를 들고 아주머니와 함께 과자 부스러기와 케이크를 치우기 시작했다. 아주머니는 쓰레기를 모으며 내가 치워야 할 곳을 손가락으로 가리켰다.

"오늘 처음 온 친구인가 보네."

"네."

"아까 있던 친구들은 다 간 거야? 처음 온 친구 챙겨주지도 않고 그냥들 갔어?"

대꾸할 말이 없어서 가만히 있었다.

"공부도 중요하지만 약속한 일을 제대로 하는 것도 중요해. 안 그래요, 학생?"

도망간 아이들을 대신하여 대표로 혼나는 기분이었다. 아주머니가 시키는 대로 바닥을 빗자루로 쓸고 테이블 위를 정리했다. 아주머니는 죽 둘러보더니 만족한 듯 말했다.

"첫날인데 고생했어요. 학생은 착실하네."

처음과는 달리 부드러운 말투였다. 나는 인사를 하고 가방을 챙겨 사랑의 집을 나왔다. 봉사를 마치고 나면 뿌듯하고 후련할 줄 알았는데 정반대였다. 바보가 된 기분이었다. 단순히 봉사가 힘들어서가 아니었다.

'참나, 무슨 봉사를 이렇게 해? 하나는 안 오고 하나는 얼굴만 보이고 사라지고 하나는 사진만 실컷 찍다 가고……'

다차원 아이들이 이럴 줄 몰랐는데, 정말 실망이었다. 봉사를 하긴 해야 하는데, 시간 빼앗기는 건 싫으니까 대충하고 과외나 학원 시간만 잘 챙기려는 것 같았다. 하긴 얘네만 그러는 것은 아닐 거다. 생기부에 쓰여 있는 그대로 봉사를 한 아이들이 실제로 얼마나 될까.

'고수민, 이해하자. 다차원 애들은 바쁘잖아. 다음번에는 안 그럴 거야. 아니 어쩌면 내가 너무 눈치 없이 오래 있었던 건지도 몰라. 원래 저렇게 하는 건데……'

스스로에게 주문을 걸듯 되뇌었지만, 기분은 나아지지 않았다. 해는 이미 지평선 아래로 졌고 슬슬 어스름이 깔리고 있었다. 사랑의 집에서는 잔뜩 긴장한 탓에 느끼지 못했던 피곤이 그제야 온몸에 밀려들었다.

'그래도 보람 있는 날이었어. 처음으로 봉사다운 봉사를 했으니까.'

버스를 기다리며 스스로 다독였다. 그렇게라도 하지 않으면 부정적인 감정이 나를 잡아먹을 것 같았다. 음악이라도 들으려고 이어폰을 찾는데 책가방 앞주머니에 넣어 놓고 그대로 두고 온 사실이 떠올랐다.

"에잇, 망할."

어느 때보다도 음악이 주는 위로가 절실한데 음악을 들을 수 없다니 한숨이 절로 나왔다. 그때, 방송실에서 주웠던 이어폰이 떠올랐다.

"맞아, 그게 있지!"

교복 주머니를 뒤져 방송실에서 주운 이어폰을 꺼냈다. 사랑의 집 봉사할 때는 교복을 입는다고 해서 입고 온 것이 다행이었다.

이어폰은 가져온 날 집에 와서 휴대폰에 연결해 보았더니, 큰 문제 없이 연결이 되었다. 음질도 비록 미니만큼은 아니었지만 나처럼 귀가 예민한 사람이 듣기에도 나쁘지 않은 정도였다. 임시로 사용하는 유선 이어폰에 비하면 비교도 안 되게 좋았다. 특이한 점은 연결하자마자 소리가 나왔다는 사실이다. 방전되었을 줄 알았는데 의외였다. 그뿐이 아니다. 브랜드 이름도 써 있지 않고 디자인도 낯설어서 어느 회사 제품인지 확인할 수 없었는데, 미니의 충전기로 충전이 가능해서 놀랐다. 마치 누군가가 나를 위해 준비해 놓은 선물 같았다.

이어폰을 귀에 꽂고 노을을 삼키는 검푸른 하늘을 바라보았다. 하늘은 벌써 밤을 데려올 준비를 하고 있었다. 버스가 도착하는 시간을 확인하려고 고개를 돌린 순간이었다.

"고수민!"

어디선가 나를 부르는 소리가 들렸다. 깜짝 놀라서 주변을 둘러보았다. 하지만 아는 얼굴은 물론이고 지나가는 사람도 없었다. 애초에 여기에 나를 아는 사람이 있을 리가 없는데…….

'잘못 들었나?'

그렇게 생각하는 순간 또 한 번 '고수민!' 하고 내 이름을 부르는 소리가 들렸다. 큰 소리는 아니었지만 또렷하게 들렸다. 하나 이상한 점은 분명 내 이름을 들었는데 뭔가 모르게 낯설고 기이한 느낌이 든다는 것이었다. 주변을 둘러보았지만 이번에도 아무도 없었다.

그러는 사이 버스가 도착했다. 버스에 올라탄 후 참고 있던 한숨을 길게 내쉬었다. 좌석에 앉아 음악을 틀자 귓속으로 음악이 밀려 들어오기 시작했다.

'아, 그래. 이거지!'

선율이 신경을 타고 온몸으로 돌기 시작하면서 긴급 수혈이라도 받는 기분이 들었다. 나는 좌석 깊숙이 기대앉아 창밖을 내다봤다. 피곤이 몰려왔다. 정말 힘든 하루였다.

녹음 부스에서 생긴 일

내가 봉사를 시작했다고 말하자, 엄마는 기뻐하면서 이제 성적만 올리면 된다며 자꾸 공부 압박을 했다.

"공부 열심히 해서 좋은 직장 얻어야지. 안정되게 사는 게 제일 좋은 거야."

엄마 마음을 모르는 것은 아니다. 엄마는 조그만 여행사에 다니는데 경기를 많이 타고 일이 들쭉날쭉해서 힘들어할 때가 많았다. 불안하기 때문에 저런 말을 한다는 것을 모르는 것은 아니다. 하지만 엄마의 태도는 어제와 오늘이 매번 달라서, 혼란스러울 지경이었다.

"수민아, 하고 싶은 거 하고 살아. 아무렴, 하고 싶은 거 해야지."

하루는 이렇게 말했다가도 다음 날은 또 이렇게 말하고는 했다.

"남들이 알아주는 학교 가서 좋은 직장 다니는 게 최고야!"

어쨌든 엄마의 기대와 달리 나는 모든 것이 쉽지 않았다. 봉사를 하기 전에 들떴던 마음은 사랑의 집에 다녀온 후 바람 빠진 풍선처럼 쪼그라들었다. 봉사를 계속할 자신이 없었다.

그 후로 나를 대하는 세진이의 행동이 미세하게 달라졌다. 물론 눈에 띄게 달라진 것은 아니었다. 하지만 나는 느낄 수 있었다. 세진이는 반 회장이다보니 아이들한테 이것저것 시킬 때가 있었다. 그런데 봉사를 같이 하게 된 이후로는 그런 일이 있을 때마다 부쩍 나를 부르는 것이다.

"수민아, 이거 좀 도와줄래?"

"수민아, 그 책 좀 갖다 줘."

물론 별일 아니라고 생각할 수 있고, 우리 반 회장이니까 학급의 일원으로서 당연히 도와주는 게 맞다는 것도 안다. 그런데 왜 자꾸 마음이 불편해지는 걸까. 세진이의 그런 행동이 친근함의 표시인 건지 아니면 나를 만만하게 부려도 된다고 생각하는 건지 구분하기 힘들었다.

게다가 며칠 뒤 두 번째로 봉사하러 갔을 때는 나 혼자만 덜렁와 있었다. 어제 톡으로 봉사 일정 공지를 할 때까지만 해도 당연히 오는 것처럼 이야기하더니 기가 찰 노릇이었다. 사랑의 집에 도착하기 5분 전 세진이로부터 문자가 왔었다.

수민아, 오늘 우리 셋 모두 학원 보충이 잡혔어. ㅠㅠ

갑자기 잡힌 거라 미리 연락 못 했어. 미안해. 우리 몫까지 잘 부탁해. ㅠㅠ

이래도 괜찮은 건지 모르겠어서 어리둥절했다. 어쩔 수 없이 혼자 사랑의 집에 가서 상황을 이야기하니 넷 중 한 사람만 봉사를 해도 전부 다 온 것으로 쳐 주는 분위기였다. 세진이 엄마와 목사님과의 친분 덕분일까. 그렇게 혼자 봉사를 다녀왔다.

그 후 중간고사 기간에 들어가면서 봉사는 잠시 중단되었다. 세진이는 중간고사에서도 전교 1등을 했다. 배치 고사에 이어 또 1등을 차지한 것이다. 처음 세진이의 배치 고사 1등 결과에 대해서는 말이 많았다. 중학생 때 성적이 그 정도는 아니었다면서 시험 날 운이 좋았던 것 아니냐, 겨울방학 족집게 과외가 반짝 효과를 낸 거 아니냐는 둥. 하지만 세진이가 이번에 또 전교 1등을 하면서 운이 아니라 실력임이 완전히 증명되었다.
중간고사가 끝난 며칠 후 단톡방의 알람이 울렸다.

김세진: 심화 탐구 보고서 얘기 좀 하자.

심화 탐구 보고서? 무슨 말이지?

송한결: 왜 이 방이야? 여기선 봉사 얘기 하는 거 아니었어?

김세진: 심화 탐구 보고서도 넷이서 하기로 했잖아.

송한결: 아, 그랬나? 헷갈려서.

김세진: 수민이한테는 아까 내가 얘기했어.

나한테 얘기했다고? 그러고 보니 세진이가 아까 학교에서 무슨 이야기를 했던 것이 떠올랐다. 진로 특강 신청서를 거둬 달라고 하길래 그걸 모아서 갖다 주었을 때였다. 세진이가 흡족한 표정을 지으면서 보고서가 어쩌고 하며 무슨 말을 했었는데 잘 못 알아들었다. 다시 물어보기도 그래서 그냥 고개만 끄덕이고 말았는데, 그때 이 이야기를 한 거였나 보다. 하지만 심화 탐구 보고서는 모든 아이들이 하는 것이 아니라 소수의 신청자만 할 수 있는, 사실상 상위권 아이들만 참여하는 활동이었다. 내가 같이할 능력이 될까?

미안한데 나는 할 자신이 없어.

김세진: 걱정 마. 어려운 거 안 시킬게.

송한결: 그래, 고수민. 넌 숟가락만 얹으면 돼.

괜히 숟가락 얹고 싶지 않아.

김세진: 송한결, 무슨 소리야? 우리 셋이 못 하니까 수민이한테 같이 하자고 하는 건데.

송한결: 그냥 농담한 거야.

김세진: 수민아, 우리도 처음이라서 잘 몰라. 경험 쌓는다 생각하고 같
　　　이 하자.

송한결: 아, 그리고 내일 방송실 이용 가능. 2학년 선배들 수학여행 갔
　　　거든.

김세진: 잘됐다. 그럼 내일 방송실에서 마저 이야기하자.

어? 이게 아닌데. 내가 뭐라고 할 새도 없이 상황이 마무리되어
버렸다. 나는 결국 이번에도 떠밀리듯 그 애들과 함께하게 됐다.

다음 날, 우리는 수업이 끝난 후 방송실에 모였다.

"2학년 선배들이 수학여행 가서 오늘은 맘껏 쓸 수 있어."

한결이가 의자에 털썩 앉으며 말했다. 반에서는 거칠 것이 없는
한결이지만 방송부 선배들 앞에서는 꼼짝 못 하는 모양이었다.

방과 후에 학생들이 학교 안에서 자유롭게 이용할 수 있는 장소
는 동아리실 외에는 거의 없다고 봐야 한다. 그것도 동아리 부원
들끼리나 모일 수 있지 외부 사람들은 출입이 제한됐다. 방송실도
더하면 더했지 상황은 마찬가지였다.

위현수는 나를 슬쩍 쳐다보기만 할 뿐 아무 말도 안 했다. 다차
원 아이들과 함께하게 된 이후로 다같이는 처음 모이는 건데도
인사 따위는 생략하려는 모양이었다.

심화 탐구 보고서에 대해 이야기하는 걸 들어 보니 주제는 잡

혀 있고 나한테는 거의 통보하는 식이었다. 나의 의견이 필요하다기보다 일손이 필요한 분위기였다. 이 정도는 이미 각오하고 있었기 때문에 딴죽 걸거나 이의를 제기하지 않았다. 어차피 해 봤자 먹히지도 않을 게 뻔하기도 하고.

나는 자료 조사를 맡았다. 물론 다차원 아이들이 시킨 일이었다. 내가 찾아야 하는 것은 의료 환경이 취약한 나라에서 이루어지는 의료 봉사에 관한 영상들이었다. 품이 많이 들기는 하지만, 탐구 보고서 전체 흐름을 몰라도 할 수 있는 일이라서 나도 충분히 할 수 있을 것 같았다. 어쩌면 다차원 아이들은 시간이 많이 드는 기계적인 일을 서로 미루다가 '고수민'을 떠올렸을지도 모른다.

가방에서 노트북을 꺼냈다. 어제 세진이가 자료 찾을 때 필요하니까 집에서 노트북을 가져오라고 해서 챙겨온 참이었다. 테이블 끄트머리에 앉아 본격적으로 자료 검색을 시작했다.

그나저나 세진이 장래 희망이 의사라는 건 이미 알고 있었지만 한결이랑 위현수도 의사가 되고 싶은 건가? 자료를 찾다가 문득 그런 의문이 들었다. 하지만 공부 잘하는 아이들이 대개 의대 지망을 많이 하니까 셋 다 의대가 목표인 것도 이상할 건 없다. 아마 저 중에서 가장 성적이 좋은 사람이 수월하게 의대 합격 티켓을 거머쥘 것이다. 우리 학교 전교 1등이면 상위권 의대에 입학이 가능하다고 들은 것도 같다. 학기 초에 입시를 담당하는 연구 부장 선생님이 신입생을 대상으로 하는 입시 설명회에서 그렇게 이야기했었다.

세진이는 부모님이 모두 의사라서 어릴 때부터 자연스럽게 의사를 희망하게 되었다고 들었다. 아빠는 유명한 대학병원의 교수고 엄마도 산부인과 의사인데 세진이 뒷바라지를 위해서 휴직 중이라고 했다. 세진이 엄마는 매일 수업이 끝나는 시간에 맞춰 학교 앞에 차를 세워두고 세진이를 기다렸다. 그것만 봐도 얼마나 세진이에게 열성을 기울이고 있는지 알 수 있었다.

내가 자료를 찾는 동안 세 사람은 탐구 보고서를 어떤 식으로 구성하고 결론을 어떻게 낼지 세부적인 의견을 나누고 있었다. 주로 세진이와 한결이가 의견을 내고 위현수는 가만히 듣고 있다가 한마디 얹는 정도였다. 한창 자료를 찾고 있는데, 내가 보고 있는 영상의 소리가 시끄러웠나 보다. 세진이가 내 쪽을 바라보며 말했다.

"수민아, 소리 좀 줄여 줄래?"

"어? 그, 그래."

내가 소리를 줄이자 한결이가 말했다.

"이어폰 쓰면 되잖아."

"쟤 이어폰 잃어버리지 않았어?"

위현수가 갑자기 끼어들었다. 평소에 말도 없고 남에게 관심도 없을 것 같은 위현수가 이어폰 이야기를 해서 깜짝 놀랐다. 하지만 개학 첫날 워낙 말이 많았기 때문에 이상할 것도 없었다.

"아니야, 있어."

나는 가방을 뒤져 방송실에서 주운 검은색 이어폰을 꺼냈다. 지난 번에 사랑의 집 봉사를 하고 오는 길에 사용해 봤더니 꽤 쓸 만해서 아예 가지고 다니는 중이었다. 음질이 들으면 들을수록 기대 이상이었다. 보기에는 저렴하고 평범해 보이지만 아마 내부에 성능이 좋은 스피커를 장착한 것이 틀림없었다.

노트북에 이어폰을 연결한 후 다시 자료를 찾기 시작했다. 다른 아이들도 보고서 내용으로 돌아가 의견을 나누었다. 이어폰을 꼈기 때문에 아이들 말이 하나도 들리지 않았지만, 어차피 내가 알 필요도 없을 것 같아서 자료 조사에 집중했다.

한참을 집중해서 하다 보니 나름 재미도 있고 욕심이 생겼다. 아이들이 요구한 것보다 더 좋은 자료를 찾아야겠다는 생각이 들었다. 허술하게 해서 아이들에게 무시당하기 싫은 마음도 있었다.

그러는 중에 세진이가 내 어깨를 톡, 톡, 두드렸다.

"수민아, 잘 돼 가?"

"응. 그럭저럭."

"우리 이제 가야 해."

한결이가 가방을 서둘러 챙기면서 말했다. 아까 학원 때문에 6시 전에는 마쳐야 한다고 했던 것이 떠올랐다. 셋이 함께 학원에 갈 모양이었다.

"조금만 더 하면 끝나는데……. 이것만 마저 하고 갈게."

"너 혼자 여기 남는다고? 안 돼."

한결이가 정색을 하고 말했다.

"10분만 더 하면 될 것 같아. 자료 찾은 거 세진이 메일로 보내 놓을게."

"우리 이거 빨리 끝내야 하잖아. 수민이가 자료를 줘야 마무리 할 수 있어."

세진이의 말에 한결이가 어쩔 수 없다는 듯이 고개를 끄덕였다.

"그래. 수민아, 자료는 메일로 보내 줘."

세진이가 말을 마치기 무섭게 한결이가 나에게 자물쇠 비밀번 호를 알려주며 꼭 잠그고 가라고 당부했다. 안 그러면 선배들한테 혼난다면서.

"오케이."

나는 최대한 밝게 대답했다. 방송실 밖에서 늦었다며 빨리 가자 고 재촉하는 위현수의 목소리가 들렸다. 아이들의 시끄러운 발소 리가 사라지자 사방이 조용해졌다. 사정이 어떻든 아이들이 심화 탐구 보고서 팀에 끼워 주었으니 나도 그만한 능력은 있는 애라 는 걸 보여 주고 싶었다.

얼마나 더 있었을까? 노트북 화면 아래의 시계를 보니 예상한 10분보다 훨씬 더 지난 뒤였다. 왠지 서늘한 느낌이 들면서 혼자 남겨진 사실이 겁이 났다. 찾은 자료를 갈무리한 파일을 세진이의 메일 주소로 보내고 자리에서 일어났다. 허리는 아팠지만 오랜만에 영양가 있는 일을 한 것 같아서 뿌듯했다.

　노트북을 가방에 챙겨 넣는데, 녹음 부스가 눈에 들어왔다.

　'저 안에 들어가면 어떤 기분일까? 방송부에 합격했으면 들어갈 수 있었을 텐데…….'

　녹음 부스 안에서 밖을 바라보는 모습이 어떨지 궁금했다. 기차 창문으로 바깥을 내다보는 기분일까? 한 번만 들어가 보고 싶은 마음이 자꾸만 일렁였다.

　'들어가 볼까? 이 시간에 누가 올 리도 없고…….'

　아무것도 손대지 않고 눈으로 보기만 할 거니까 괜찮을 것 같았다. 나는 조심스레 녹음 부스 문을 열었다. 방음장치가 되어 있는 육중한 문이 후욱, 하고 공기를 밀어내며 열렸다. 안으로 들어가자 공기의 밀도가 달라진 것처럼 조금 답답한 느낌이 들었다. 어쩌면 똑같은데 기분 탓인 건지도 몰랐다. 부스 안에 별다른 것은 없었다. 마이크와 헤드셋, 테이블과 의자 정도가 다였다. 의자에 앉아 투명 창을 통해 방송실 내부를 바라보았다. 겨우 세 번 와 봤을 뿐인데 이곳에서 바라보니 방송실이 친숙한 풍경처럼 느껴졌다. 마이크에 대고 한마디를 해 보았다.

　"아, 아, 마이크 시험 중."

　마이크는 꺼져 있었지만 밀폐된 공간이라 목소리가 울려서 그런지 색다르게 들렸다. 용기를 내어 한 번 더 말했다.

　"안녕? 여러분."

아무도 듣지 않을 텐데 인사를 하다니, 웃음이 절로 나왔다. 내가 여기서 혼자 이러고 있다는 게 너무 우스웠다. 생각해 보면 조금은 특별한 일이었다. 느닷없이 다차원 아이들이랑 엮였고, 그 덕분에 이런 경험도 하고 있으니 말이다.

그때였다. 녹음실 부스 안의 형광등이 한순간 꺼졌다가 다시 켜졌다. 깜짝 놀라 자리에서 벌떡 일어났다. 그러자 형광등이 다시 깜박거렸다.

'아휴, 깜짝이야.'

아무래도 장난은 그만하고 빨리 나가야 할 것 같았다. 시간도 많이 지난 뒤였다. 서둘러 방음문을 열고 나가려는데 이상했다. 문이 열리지 않았다.

'어? 왜 안 열리지?'

힘을 실어 손잡이를 돌리고 세게 밀어 보았지만, 문은 여전히 꿈쩍 하지 않았다. 뭐가 잘못된 걸까? 다시 힘껏 손잡이를 돌렸다. 역시나 문은 열리지 않았다. 혹시 안에서 열리지 않는 문인가? 말도 안 돼. 안에서 안 열리면 녹음하던 사람들은 모두 이 안에서 누가 열어줄 때까지 기다려야 한다는 말인가. 아무래도 그럴 것 같지는 않았다.

나는 여러 차례 온 힘을 실어 방음문을 밀었다. 하지만 결과는 마찬가지였다. 시간이 지날수록 초조해지기 시작했다. 손잡이를 이리저리 돌려 보고 흔들어도 보았지만 소용없었다. 내가 뭘 잘

못 만진 걸까? 설마 이대로 여기에 갇히는 건 아니겠지? 겁이 덜컥 났다. 다차원 아이들은 한참 전에 학교를 떠났을 것이고 휴대폰은 문밖에 있었다. 이렇게 어처구니없는 일이 있을 수 있을까? 다급한 마음에 문을 두드리면서 소리를 질렀다.

"문 좀 열어주세요!"

문을 부서져라 두드려 보고, 손잡이를 힘껏 돌리며 잡아당겨도 보았다. 하지만 아무도 문을 열어주러 오지 않았다. 이 시간이면 선생님들도 대부분 퇴근했을 것이다. 머리끝이 쭈뼛 곤두서는 것 같았다.

"도와주세요! 여기 사람 있어요!"

몇 번이고 소리를 지르다 힘이 빠져 바닥에 털썩 주저앉고 말았다. 녹음 부스의 방음문은 어떤 고함도, 어떤 비명도 다 삼켜 버리는 것 같았다.

"아, 어떡해! 제발 저 좀 도와주세요."

조금 전에 녹음 부스에 들어왔다고 들떠서 좋아했던 내 모습이 너무나 한심하게 느껴졌다. 이러다가는 정말로 여기에서 못 나가고 밤을 새우게 될지도 모른다는 생각이 들자 온몸이 덜덜 떨렸다. 그때였다. 무슨 소리가 들렸다. 주변을 둘러보았지만 달라진 것은 없었다.

'뭐지? 분명히 들렸는데. 사람 목소리 같은 게…….'

이번에는 조금 더 명확하게 소리가 들렸다.

"자자, 내 말 들리니?"

나는 깜짝 놀라서 벌떡 몸을 일으켰다. 어디서 나는 소리지? 누가 말하는 거지? 가만히 귀를 기울이고 있는데 다시 말소리가 들렸다.

"진정하고 내 말 들어 봐."

그 순간 내가 이어폰을 끼고 있다는 것을 깨달았다. 의문의 소리는 밖에서 나는 소리가 아니라 이어폰에서 들리는 소리였다. 아까 자료를 찾고 노트북을 끈 후에도 계속 이어폰을 끼고 있었던 것이다. 문이 잠겨 너무 당황한 나머지 이어폰을 꽂고 있다는 사실도 잊고 있었다.

"그렇게 급하게 서두르면 될 것도 안 되겠다. 진정하고 먼저 손잡이를 살펴봐."

계속해서 들리는 목소리의 정체가 누군지 궁금했지만, 지금 내게 그런 걸 따질 여유는 없었다. 나는 목소리가 시키는 대로 했다. 방음문 손잡이는 생긴 모양이 특이했다. 스패너 비슷하게 생겼는데 잡는 부분이 매우 두툼했다. 나는 찬찬히 손잡이를 살펴봤다.

"허둥대지 말고. 손잡이를 잘 만져 봐. 아래쪽에 뭐가 있지?"

그러고 보니 손잡이 아래쪽에 툭 튀어나온 버튼 같은 것이 있었다. 그걸 살짝 눌렀더니 거짓말처럼 손잡이가 부드럽게 돌아갔다.

"거 봐. 무조건 힘으로 열면 어떡해? 그걸 누르면서 문을 밀어."

하라는 대로 버튼을 누르고 방음문을 밀자 거짓말처럼 문이 후욱, 소리를 내며 열렸다. 살았다! 짧은 시간이었지만 감옥에 갇혀 있다가 풀려난 것처럼 해방감이 느껴졌다. 자세히 살펴보지도 않고 막무가내로 돌리기만 했던 내가 한심스러웠다.
"감사합니다. 정말 감사합니다."
나는 보이지 않는 목소리의 주인을 향해 고개 숙여 인사했다.

"감사는 무슨…… 정신 줄이나 놓지 마. 그리고 중앙 현관이랑
오른쪽 현관은 잠겨 있어. 왼쪽 현관으로 나가."

나는 도망이라도 치듯 가방을 챙겨 방송실을 나갔다. 어둠이 스며들기 시작한 복도에는 아무 기척도 남아 있지 않았다. 서둘러 계단을 내려와 왼쪽 현관으로 학교를 빠져나왔다. 이어폰 속의 목소리가 말해 준 대로 왼쪽 현관은 열려 있었다.

수상한 목소리

 방송실에서 나와 교문을 나올 때까지만 해도 정신없이 뛰어오느라 이어폰에서 들린 소리에 대해 생각할 겨를이 없었다. 그러나 밖으로 나오고 나니 조금 전에 일어난 일이 꿈처럼 믿기지 않았다. 그리고 겁이 더럭 났다. 낯선 목소리가 나를 가까이에서 보고 있는 것처럼 말하다니. 도대체 뭐였지? 혹시나 해서 휴대폰 통화 내역을 살펴보았다.

 "없어······."

 그저께 오후 5시쯤 엄마랑 통화한 것을 마지막으로 아무 기록도 없었다. 사용하던 노트북도 전원을 꺼서 가방에 넣어 뒀던 상태라 노트북에 연결된 것도 아니었다. 도대체 뭘까? 나는 누구랑 대화를 한 걸까? 정말 대화를 하기는 한 건가? 생각을 거듭하자 꿈인지 현실인지조차 헷갈리기 시작했다. 하지만 꿈이라고 하기에는 기억이 너무나 선명했다. 나는 분명히 목소리를 들었고 목소리가 한 말도 정확히 기억했다. 손잡이 밑에 있는 버튼을 누르라고 했고, 문이 잠겨 있으니 왼쪽 현관으로 나가라고 했다.

혹시 누군가 나를 지켜보다가 이어폰을 통해 이야기한 건가? 방송실에 CCTV가 설치되어 있는 건가? 아니야, 그럴 리가. 내가 너무 당황한 나머지 들리지도 않은 소리를 들었다고 착각한 걸 거야. 그렇게 밖에는 설명할 길이 없었다. 처음 손잡이를 돌렸을 때 그 버튼이 손끝에 만져졌던 것 같기도 하다. 문이 안 열리자 내 몸이 본능적으로 그걸 누르라고 명령을 내린 것일지도 모른다. 그럼 왼쪽 현관이 열려 있는 것은? 그건 원래 방과 후에는 현관을 한 군데만 열어두고 다 잠그니까 그걸 내가 무의식적으로 떠올려서……

이어폰을 손바닥에 올려놓고 바라보았다. 아무리 봐도 평범한 무선 이어폰이다. 바보 같은 짓이라고 생각하면서도 귀에 꽂고 중얼거려 보았다.

"누구시죠? 어떻게 된 거죠?"

한참 동안 귀를 기울였지만 아까 같은 소리는 들리지 않았다.

녹음 부스에 갇혔던 순간을 떠올리니 다시 아찔해졌다. 만약 나오지 못했다면 그 안에서의 시간을 어떻게 견뎠을까. 하마터면 지옥을 경험할 뻔했다. 집으로 돌아온 후에도 늦은 시간까지 한참을 멍하니 앉아 있었다. 엄마가 왜 그렇게 귀신처럼 앉아 있냐고 한

마디 할 정도였다. 그러다가 어느 순간 피곤이 몰려오면서 잠 속으로 빠져들었다.

다음 날 등교하자마자 세진이가 내 자리로 와서 말했다.

"수민아, 어제 보고서 자료 잘 받았어. 준비 많이 했더라."

그 말을 들으니 뿌듯했다. 물론 그런 말로 나를 더 이용하려는 속셈이겠지만 그렇다 쳐도 기분이 나쁘지 않았다.

"그래? 다행이다."

그때 주변에 있던 아이들의 시선이 느껴졌다. 누군가 한결이에게 물어보는 소리가 들렸다.

"너희 같이 보고서도 써?"

"응."

"왜 고수민이랑 하는 거야?"

"김세진이 고수민한테도 같이 하자고 해서."

한결이의 대답에 그 애가 비꼬듯이 말했다.

"이상한데?"

"뭐가?"

"다차원에 생뚱맞은 애가 끼어 있으니까 이상하지."

그 말에 한결이가 웃음을 터뜨리며 대답했다.

"생뚱맞긴, 고수민이 그 정도는 아니야. 그리고 우리가 무슨 다차원이냐? 그냥 스터디 같은 거지."

"아무리 그래도 고수민이 너희 같은 극상위권은 아니잖아."

무신경하게 남을 깎아내리는 소리가 내 귀에도 또렷이 들렸다. 저 아이들은 저 말이 나한테 안 들린다고 생각하는 걸까. 아니면 들으라고 말하는 걸까. 아무렇지 않게 대답하는 한결이도 못마땅했다.

이럴 때는 이 더럽고 치사한 세계와 나 사이에 벽을 치는 수밖에 없었다. 이어폰을 귀에 꽂고 책상에 엎드려서 음악을 듣기 시작했다. 하나 안타까운 것은 화가 나서 잠이 오지 않는다는 것이었다. 내가 사랑하는 선율 사이로 한결이의 무심한 대답과 아이들의 비꼬는 말투가 자꾸 비집고 들어왔다. 벌떡 일어서서 그 애들한테 한마디 해 주고 싶었다. 뭐라고 말할 수 있을까? 입 다물라고? 너희는 예의도 없냐고? 어휴, 그러고 나면 나는 더 우스꽝스러운 존재가 되고 말겠지. 참자, 참아. 음악이나 듣자. 5교시 시작 종이 울릴 때까지 노래를 들으면서 잠이나 자는 거야.

그렇게 생각하며 눈을 감은 뒤에 잠시 졸았나 보다. 음악 소리가 멀리 사라지는 것 같더니 희미하게 목소리가 들렸다.

"너한테 중요하지 않은 사람들이 하는 말, 신경 쓰지 마."

놀라서 눈을 번쩍 떴다. 뭐지? 누가 말한 거지? 고개를 들어 주변을 둘러보았다. 아무도 나를 쳐다보고 있지 않았다. 이번에도 이어폰을 통해 들려오는 소리인 것 같았다. 그리고 보니 방금 전 목소리가 어제 녹음 부스에서 들었던 것과 비슷한 것 같기도 했다.

'분명히 들었어. 이어폰에서 나오는 소리야. 절대로 내가 착각하거나 잘못 들은 게 아니야.'

어느새 음악이 바뀌어 다른 노래가 나오고 있었다. 음악을 끄고 가만히 기다렸다. 하지만 내 심장 소리와 바깥 소음만 커다랗게 들릴 뿐이었다. 어떻게 된 걸까? 도대체 누구일까?

그날 내내 수업 시간 외에는 이어폰을 끼고 있어 보았지만 허탕이었다. 집에 가서도 혹시나 해서 이어폰을 계속 끼고 있었더니 결국 엄마에게 이어폰 좀 제발 빼라고 잔소리를 들었다. 이어폰을 빼자 엄마가 별렀다는 듯이 말했다.

"수민아, 너도 학원 다니자."

"학원은 무슨. 엄마가 가르쳐 주면 되잖아."

"고등학교 수학을 어떻게 가르쳐? 다 잊어버렸지. 친구들 다니는 학원 좀 알아봐. 같이 봉사하는 친구들 학원은 어떻대?"

"난 그 학원 다녀도 못 따라가."

"그게 무슨 말이야?"

"요즘 학원 수준이 높아서 나처럼 기초 모자란 애들은 받아 주지도 않는다구."

"말도 안 되는 소리 하지 마. 네가 못 찾으면 엄마가 알아볼게."

아무래도 엄마가 내 이번 중간고사 성적을 보고 충격을 받은 모양이었다. 학원 알아보라는 성화에 알았다고 대답하기는 했지만 다닐 자신은 없었다. 나는 살짝 대화 주제를 다른 데로 돌렸다.

"근데 엄마, 물어볼 게 있는데⋯⋯."

"뭐?"

"내가 이어폰이 하나 생겼거든."

"생기다니 무슨 뜻이야?"

"아, 그게⋯⋯ 친구가 필요 없다고 줬어."

"친구가?"

엄마가 의아하다는 표정으로 쳐다봤다.

"응. 근데 그 이어폰에서 이상한 소리가 나."

"지직거려?"

"아니, 말소리가 들려."

"누구 말소리?"

"그게, 나도 모르는 사람이야."

도대체 엄마에게 이걸 어떻게 설명해야 하나 싶어 난감했다.

"전화 혼선된 것처럼?"

"아니. 그런 건 아닌 것 같아."

"그럼 라디오 주파수 안 맞을 때처럼?"

"그런 것도 아니었어."

"뭔가 이유가 있겠지. 요즘 전자기기는 워낙 복잡하잖아. 그거 준 친구한테 물어 봐. 아니면 인터넷에 찾아보든가."

그렇게 해결되는 것이라면 벌써 해결했을 것이다. 나는 엄마에게 이어폰을 내밀며 말했다.

"엄마가 한번 들어 볼래?"

나는 엄마 귀에 이어폰을 꽂아 주었다.

"뭐 이상한 점 없어?"

그러자 엄마가 나를 빤히 보며 물었다.

"뭘 틀어야 들리지. 음악이라도 틀어 봐."

"그게 아니고 무슨 소리 안 들리냐고. 이어폰 속에서 사람 목소리가 들리는 것 같았거든."

"뭔 소리야? 귀신 소리라도 들린다는 거야?"

엄마가 실없는 소리 그만하고 공부나 하라며 이어폰을 돌려줬다. 아무래도 도움을 받기는 어려울 것 같았다. 나는 이어폰을 집어들고 중얼거렸다.

"누구예요? 나한테 말 건 당신, 누구냐고요."

그저 평범한 이어폰에서 어떻게 이런 일이 일어날 수 있을까? 정말로 부품에 도청장치라도 들어 있는 건가? 한편으로는 놀랍고 한편으로는 불안하고 또 한편으로는 걱정도 되었다.

나는 늘 이어폰을 끼고 음악을 들으며 잠드는데 오늘은 음악을 틀지 않고 이어폰만 꽂고 가만히 누워 있었다. 하지만 잠이 들 때까지 이어폰에서는 아무 소리도 들리지 않았다.

며칠이 지나도 이어폰 속에서 별다른 소리는 나지 않았다. 그럼에도 나는 그 소리를 기다리지 않을 수 없었다.

그러던 중 아침에 등교하자마자 세진이가 나를 불렀다. 세진이와는 부쩍 대화하는 일이 잦아진 참이었다. 다이어리를 펴는 그 애의 손목에 둘러져 있는 독특한 디자인의 시계가 눈길을 끌었다. 세진이는 언제나 스트랩이 넓은 하얀색 시계를 차고 다녔는데, 그 애의 가늘고 길쭉한 팔과 무척 잘 어울렸다. 세진이는 7월 달력을 펴더니 날짜를 가리키며 말했다.

"원래 기말고사 전에 봉사 일정이 있었는데 이날로 미뤄 달라고 말씀드렸어. 우리 시험 끝나고 나서 하는 걸로. 잘했지?"

세진이의 단정하면서도 자신감 넘치는 말투를 들으며 마치 회사에서 팀을 이끄는 팀장 같다고 생각했다. 공부 파트, 봉사 파트, 수상 파트를 거느리며 적절하게 인력 배치를 해서 최고의 성과를 올리는 유능한 팀장. 만약 그렇다면 나는 거기서 알바 뛰는 아이인 셈인 걸까?

오늘은 기필코 마음먹은 것을 이야기해야겠다는 생각이 들었다. 봉사를 시작한 후 다차원 아이들은 매번 나한테 맡기고 사라져 버리거나 아예 나타나지 않았다. 사실 나는 봉사 시간이 그 아이들처럼 필요한 것도 아니어서 바보같이 이용당하는 느낌만 들 뿐이었다.

"근데 세진아, 나 이제 봉사 그만두고 싶어."

세진이가 하려던 말을 멈추고 나를 바라보았다. 아주 낯선 표정이었다. 마치 "네가 내 말을 거스르겠다는 거야?"라고 말하는 것 같았다. 세진이는 잠시 못마땅하다는 표정을 짓더니 이내 평소처럼 다정하게 타이르듯이 내게 말했다. 세진이가 이런 표정으로 이야기할 때마다 나는 왠지 주눅이 들었다. 감히 반대할 수 없게 만드는 세진이 특유의 능력인 것 같았다.

"수민아, 봉사는 하다 그만두면 안 돼. 지속성이 중요한 거야. 그만두면 안 하는 것만도 못 해. 너도 알잖아?"

"생활기록부에 적어 스펙으로 활용하려면 그렇겠지만, 나는 생기부 기록 필요 없어."

세진이가 작정한 듯이 정색을 하고 말했다.

"스펙은 둘째 치고 이제야 애들이 너 좋아하기 시작했는데, 그러면 안 되지. 사랑의 집 애들이 실망할 거야. 예전에도 봉사하는 학생들이 불성실한 모습을 보여서 애들을 실망시켰다는데, 우리까지 그러면 안 되지 않겠어?"

사랑의 집 아이들 이야기를 들으니 또다시 마음이 흔들렸다. 실제로도 내 얼굴을 알아보고 배시시 웃는 아이들이 생겨나던 참이었다. 자신의 말이 먹힌 것을 눈치챘는지 세진이는 모든 것을 자기 혼자 떠안은 것처럼 처량한 표정을 지으며 내게 말했다.

"그리고 너 없으면 정말 큰일이야. 송한결이랑 위현수는 있으나 마나잖아. 날 생각해서라도 그만둔다는 말은 하지 말아 주라."

그러면서 내 손을 자신의 두 손으로 감싸며 기도하는 듯한 제

스처를 취했다. 나는 그런 세진이에게 더 이상 아무 말도 못 했다. 그제야 세진이가 만족스럽다는 듯이 미소를 지었다.

담임선생님이 교실 옆 게시판에 기말고사 일정표를 붙이자 아이들이 한꺼번에 한숨을 쉬었다. 1학기 중간고사가 치러진 뒤, 아이들은 이 학교에서 자신의 위치를 수치로 정확하게 알게 되었다. 학교에서 성적은 그 사람을 규정짓고 구분하는 인식표나 마찬가지다.

조회 말미에 담임선생님이 심화 탐구 보고서 대회 상장을 나누어 주자 아이들이 수군거리기 시작했다. 예상대로 다차원 팀이 금상을 수상했다. 다른 것이 있다면 내가 거기에 꼽사리를 꼈다는 것이다. 아이들 이름 다음으로 내 이름이 호명되자 아직 잠이 안 깨 게슴츠레하던 아이들의 눈이 단박에 커졌다. 그리고 의아한 눈길로 나를 쳐다봤다.

내가 상장을 받아 자리로 들어갈 때 세진이는 나와 눈을 맞추며 살짝 엄지를 치켜들었다. 나는 그 모습에 억지로 미소를 지었지만, 아이들의 시선이 못내 부담스럽고 두려웠다. 나는 그 시선에 담겨 있는 감정을 읽을 수 있었다.

'쟨 뭐야? 왜 갑자기 상을 타는 거야?'

'다차원에 고수민이 끼어 있다니 말이 돼?'

'놔둬라. 어차피 경쟁 안 되는 애니까 다차원 애들도 부담 없다

그거지. 경쟁자가 될 만한 애랑 상을 나누는 것보다는 고수민이 낫잖아.'

내가 다차원 아이들과 함께 처음 봉사를 시작했을 때까지만 해도 아이들은 내게 별 관심이 없었다. 하지만 내가 심화 탐구 보고서로 금상까지 받게 되자 나를 바라보는 눈길이 순식간에 사나워졌다.

"고수민, 너 다차원 애들 심부름하냐?"

조회가 끝나고 선생님이 나가자마자 댓글맨이 궁금하다는 표정으로 내게 다가와서 물었다. 댓글맨은 댓글맨답게 이번에도 코멘트를 달아야 직성이 풀리는 모양이었다. 지난번에는 참고 넘어갔지만, 이번에는 그냥 넘어가고 싶지 않았다. 나는 속으로 바들바들 떨면서도 겉으로는 아닌 척 댓글맨의 얼굴을 똑바로 보면서 말했다.

"헛소리 그만하지?"

예상외의 반격에 놀랐는지 그 애는 입을 비쭉 내밀고는 더 이상 아무 말하지 않고 자리로 돌아갔다.

오전 내내 속이 얹힌 것처럼 답답했다. 점심을 먹으면 체할 것 같아서 점심 시간이 되자마자 급식실이 아니라 운동장으로 나와서 귀퉁이에 있는 벤치에 앉았다.

혼자 멍하니 앉아 있는데 벤치 근처의 플라타너스 나무가 눈에 들어왔다. 초여름 햇살을 견뎌 낸 나뭇잎들이 지친 듯이 이파리 끝을 아래로 떨구고 있었다. 커다란 이파리 하나가 툭, 내 발치에 떨어졌다. 이파리를 집어 들었다. 아직 한참 더 매달려 있을 때인데 뭐가 그리 힘들어서 이렇게 빨리 떨어졌을까. 문득 나도 빨리 떨어지고 싶다는 생각이 들었다. 이제는 교실이라는 저 공간에서 따로 떨어져 나오고 싶다는 생각이 들었다.

나는 애초부터 상이고 뭐고 받고 싶은 생각이 추호도 없었다. 그저 다차원 애들이 하자니까 한 것뿐이었다. 그런데 왜 손가락질을 받아야 할까? 학교 다니는 일 자체에 환멸이 느껴졌다. 그저 어디론가 사라지고만 싶었다. 학교를 왜 다녀야 하지? 미래를 위해서? 꿈을 위해서? 아니면 다들 다니니까? 학교란 곳은 누군가에게는 쉬운 일차 방정식일지 모르지만, 나에게는 쉽게 풀 수 없는 킬러 문항이었다.

다차원 아이들과 봉사를 하고 심화 탐구 보고서 대회 준비를 함께하면서 마음 한편으로는 나도 그 애들을 따라 하다 보면 내 길을 찾을 수 있지 않을까 기대했다. 부끄럽지만 사실이다. 하지만 여전히 답은 찾지 못한 채였다. 빛나는 아이들 곁에 있다고 해서 나도 빛나지는 않았던 것이다.

벤치에 앉아서 괜히 휴대폰을 보는 척했다. 연예계 뉴스, 유튜브 영상을 거쳐 SNS 앱을 여는 사이 점심을 일찍 해치운 아이들이 운동장으로 하나둘 나오기 시작했다. 이곳도 곧 아이들의 시선과 소음으로부터 자유롭지 못하게 될 것이다. 이어폰을 꽂고 플레이리스트를 누르려다가 멈추었다. 노래로 세상과 최소한의 담을 쌓으려는 순간, 누군가 그 경계에서 나를 기다리고 있는 것 같았기 때문이다. 게다가 그 경계에 선 누군가가 내 이야기를 들어 줄 것만 같은 느낌이 들었다.

나는 조그맣게 속삭였다.

"내가 여태까지 잘못 들은 거 아니죠? 뭐라고 말 좀 해 봐요."

한마디를 했더니 용기가 생겼다. 조금 더 크게 말해 보았다.

"아무도 내 얘기를 들어 주지 않아서 그래요. 어떻게 해야 할지 모르겠는데……."

혼자 중얼거리다가 이게 뭐 하는 짓인가 싶어서 한숨을 쉬었다. 그런데 내 한숨 소리에 타인의 한숨 소리가 섞여 들렸다. 휴우우우, 그 소리가 귓가에 메아리처럼 울리면서 마치 파도가 온몸을 휘감은 것처럼 아득한 기분이 들었다. 누가 있다. 이어폰 너머에 누군가가……. 그렇게 생각하자마자 나의 모든 감각이 얼어 버린 것만 같았다. 신경을 바짝 곤두세우고 귀를 기울이는데 드디어 기다리던 목소리가 들렸다.

"쯔쯔, 밥도 안 먹고 뭐 하니?"

놀라서 입이 안 떨어졌다. 하지만 놀라고만 있을 때가 아니었다. 뭐든 말해야 했다. 또다시 목소리가 사라지기 전에 붙잡아서 정체가 무엇인지 물어야 했다.

"자, 잠깐만요. 가지 말아요. 물어보고 싶은 게 있어요."

"뭔데? 빨리 이야기해. 나 바쁘니까."

"대체 누구세요? 어떻게 제 이어폰에 연결돼 있는 거죠?"

"네가 하도 답답하게 구니까 내가 한마디 거드는 거잖아. 똑 부러지게 잘했어 봐. 내가 참견을 왜 하니?"

"저를 아세요?"

"아니까 참견했지. 고수민인지 고슴도친지, 너 좀 답답한 아이인 것도 다 알고 있어. 한 번 보면 파악이 되거든. 그리고 선배한테 누구냐고 물어서 뭐하게? 내 뒤라도 캐게?"

"선배라구요? 저는 아는 선배가 한 명도 없는데……."

입학한 지 벌써 3개월이 지났지만, 나는 알고 지내는 선배가 없었다. 내가 모르는데 나를 알고 있는 선배가 있다는 것은 더더욱 상상하기 힘들었다.

"어, 어떻게 저를 아세요?"

"네가 모른다고 나도 모르지는 않아. 자, 이제 기운 차리고 교실로 돌아가."

"아, 잠깐만요. 가지 마세요!"
무작정 이어폰에다 대고 소리쳤다. 아직 물어볼 것도 많고 하고 싶은 말도 많았다. 어떻게 내 이어폰으로 연결된 건지, 어떻게 나를 알고 있는지 등등. 하지만 대답은 없었다. 다시 무작정 기다려야만 하는 무한 대기의 상태로 빠져드는 건가 싶어 실망하려는 찰나, 목소리가 들렸다.

"왜?"

비록 퉁명스러운 말소리였지만, 그 소리마저도 아주 반갑게 들렸다. 고마웠다. 나를 무시하고 가지 않아서. 내 말에 대답해 줘서…….
"고, 고맙다구요."
말해 놓고 얼굴이 확 달아오르는 게 느껴졌다. 얼굴이 보이지 않아서 다행이었다.

"뭐가?"

"음, 지난번에 방송실에서 도와줬잖아요. 그때 정말 고마웠다구요."

"뭘 그런 걸 가지고……."

그렇게 말하고 목소리는 완전히 사라졌다. 조금 전에 있었던 일이 믿어지지 않아 멍한 채로 앉아 있는데, 누군가 운동장에서 벤치 쪽으로 다가오는 모습이 보였다. 점심을 먹은 후 축구를 하고 있던 한결이었다. 한결이는 벤치 옆까지 굴러온 공을 줍더니 나를 힐끗 쳐다보며 물었다.

"여기서 뭐 해?"

"응? 아, 별거 아냐."

나는 이어폰을 귀에서 빼며 태연한 척 대답했다. 그러고는 케이스에 이어폰을 넣은 후 교실로 가 보겠다고 말한 뒤 먼저 돌아섰다. 한결이의 시선이 등 뒤에서 느껴졌다. 최대한 허리를 펴고 씩씩하게 걸으려고 애썼다.

선배 찾기

　다차원 톡방에는 가끔 나랑 상관없는 이야기들이 올라오곤 했다. 원래는 봉사를 같이 하기 위해 나까지 포함한 방을 따로 만든 것이었지만, 언젠가부터 아이들은 이 톡방만 이용하는 것 같았다. 학원, 과외, 숙제 등 자신들의 스케줄을 여기에서 서로 물어보곤 했다. 내가 있다는 사실을 잊어버린 것 같기도, 내가 있다는 것을 별로 신경 쓰지 않는 것 같기도 했다. 대개 상위권 아이들은 학업에 관한 정보를 다른 아이들과 공유하지 않으려고 한다던데 이 아이들은 나를 아예 그림자 정도로만 생각하는 건가. 어느 순간부터 나랑 상관없는 이야기가 많아져서 톡 내용을 일일이 챙겨보지 않게 됐다. 오랜만에 톡방에 들어가서 메시지를 보던 중, 눈에 들어오는 내용이 있었다.

김세진: 내일 학원 가기 전까지 30분쯤 시간 비잖아. 그때 방송실에서

　　　　숙제해도 될까?

송한결: 안 돼. 지난번에 선배들한테 혼났어.

　　　　선배들이 수학여행 갔을 때 우리가 방송실 사용한 거 알았나 봐.

　　　　함부로 들어오면 안 된다고 야단맞았어. 도대체 어떻게 알았는

　　　　지…….

　그날의 일이 떠올랐다. 녹음 부스에 갇힌 날, 그러니까 이어폰에서 처음으로 음성을 들은 날 말이다. 그날 혹시 내가 무슨 실수라도 저질렀던 걸까? 불을 켜 뒀다든가 문을 제대로 안 닫았다든가. 그래서 방송부 선배들이 누군가 방송실을 사용했다는 것을 알게 된 걸까? 그때 마치 번개처럼 머릿속에 단어 하나가 떠올랐다.

　선배!

　'그 목소리도 자기가 선배라고 했는데…….'

　혹시 목소리의 주인공이 방송부 선배? 그러고 보니 이어폰을 주운 곳도 방송실이고 목소리를 처음 들은 곳도 방송실 녹음 부스였다. 그렇다면 방송부 선배가 이어폰 속에 내장되어 있는 어떤 장치를 통해 나에게 메시지를 보낸 거였을까? 어쩌면 방송부 선배들을 만나 보는 것이 이 미스터리를 풀 수 있는 가장 빠른 방법일지도 몰랐다.

　그런데 뭐라고 말을 꺼내야 할지가 참 난감했다. 혹시 제 이어

폰으로 음성 메시지 보내신 분 계십니까? 이렇게 물어봐야 하나? 아니야, 아니야! 말이 되는 소리야? 방송부 선배 목소리가 왜 뜬금없이 이어폰에서 나오겠냐고! 말도 안 돼.

어떻게 하면 방송부에 가서 선배들을 만날 수 있을까 고민하다가 아이디어가 하나 떠올랐다. 물론 그 방법이 최선이라고 생각하지는 않지만, 딱히 떠오르는 다른 방법도 없었다.

다음 날, 한결이에게 이어폰 이야기를 꺼냈더니 한결이는 어이없다는 표정을 지으며 물었다.

"설마, 그때 그 이어폰?"

"응, 맞아. 내가 그동안 써 보니까 마음에 들어서 방송부 선배들한테 앞으로 내가 쓰겠다고 허락받으려고."

그러자 한결이가 짜증 섞인 목소리로 말했다.

"아니, 그거 버리려던 거라니까. 굳이 허락받고 그럴 필요 없어."

"내가 찝찝해서 그래. 선배들 있을 때 가서 확실하게 허락받을게. 방송실에 언제 가면 선배들이 있는지만 알려줘. 가능하면 전부 모였을 때로."

한결이가 난감한 표정으로 나를 보며 말했다.

"야, 네가 그러는 게 더 이상해."

한결이의 태도에 나도 모르게 주눅이 들었다. 보나마나 한결이는 나를 쓸데없는 걱정이나 하고 있는 한심한 아이라고 생각할 것이다. 나 역시도 이상하다는 것을 알지만 여기서 물러설 순 없었다.

"부탁이야. 내 마음이 불편해서 그렇다고."

한결이가 도저히 나를 말릴 수 없다고 생각했는지 고개를 절레절레 흔들며 말했다.

"알았어. 수요일 특별 활동 시간 끝나고 회의하니까 올 거면 그때 와."

"고마워. 그때 갈게."

내 자리로 돌아가는데 뒤에서 한결이가 중얼거리는 소리가 들렸다.

"아, 진짜 답답한 애네."

수요일 오후 특별 활동 시간이 끝나자마자 방송실로 갔다. 솔직히 여기 오기 전까지 몇 번을 망설였는지 모른다. 나는 원래 나서는 것을 싫어하고 낯선 사람과 이야기하는 것도 서툰 편이다. 그런 내가 지금 까다롭기로 유명한 방송부 선배들 앞에서 연기를 해야 한다니. 게다가 나는 학기 초 방송부 면접에서 떨어지기까지 했지 않은가. 나를 알아보는 선배라도 있다면 정말 쥐구멍에라도 들어가고 싶을 것이다. 하지만 이어폰의 수수께끼를 풀 수만 있다면 뭐든 해 보고 싶었다.

'용기 내자, 고수민. 이까짓 거!'

나는 마음을 다잡고 방송실 문을 두드렸다. 지금 내게 가장 중요한 일은 목소리의 주인을 찾는 일이니까.

방송실 문을 열고 들어가자 회의를 하던 방송부원들이 나를 한꺼번에 바라보았다. 테이블 한쪽에 앉아 있던 한결이가 살짝 당황한 얼굴로 입을 열었다.

"아, 쟤는 저희 반 고수민이라는 앤데요. 방송실에서 주인 없이 돌아다니던 이어폰을 쓰라고 줬어요. 쟤가 이어폰을 잃어버렸거든요. 그랬더니 써도 되냐고 허락을 꼭 받고 싶다고 해서요."

선배들은 한결이가 무슨 말을 하는지 이해하지 못한 것 같았다. 다들 '무슨 이어폰?' 하는 표정이었다. 나도 막상 많은 사람들 앞에서 말하려니 말문이 막혔다. 우물쭈물하며 겨우 입을 열었다.

"이걸 제가…… 써도 되는지 물어보려고요."

내가 이어폰을 손에 쥐고 보여주자 몇몇 선배들이 알아봤다.

"아, 주인 없는 거?"

"어, 저거 학기 초부터 방송실에 돌아다니던 건데……."

선배들은 이제야 생각났다는 듯이 이어폰에 대해 한마디씩 했다. 나는 선배들의 표정과 목소리를 살피며 작은 것이라도 단서가 될 만한 것을 찾기 위해 신경을 곤두세웠다. 그러려면 한마디라도 더 해서 그들이 더 많은 말을 하게 해야 했다. 그래, 수민아, 아무 말이나 떠들자. 아무거나 물어보는 거야.

"하, 한결이가 주인 없는 물건이라고 해서 써 봤는데 잘 들리더라고요."

선배 한 명이 말했다.

"정말? 내가 들어 봤을 때는 안 들려서 망가진 줄 알았는데?"

옆에 있던 선배가 끼어들었다.

"네가 뭘 잘못 연결했겠지. 충전이 안 되어 있었든지."

"아니야. 충전해서 연결도 여러 번 해 봤는데 안 들렸어."

"저 이어폰이 네가 싫었나 보다."

선배들의 대화를 들으며 뭐라도 알아내려 했지만, 단서가 될 만한 것을 찾는 것은 무리였다. 혹시나 하고 기대하던 마음이 흔들리고 있었다. 어쩌면 누군가 이어폰에 대해 아는 척하면서 '네가 고수민이구나'라고 말해주지 않을까, 하고 기대했었다. 아니 아는 척까지는 아니어도 희미한 미소를 지으며 나를 기다렸다는 사인을 보내 주기를 바랐다. 하지만 그런 일은 일어나지 않았다. 방송실에 있는 사람 모두 이어폰에 관심조차 없었다.

"어차피 주인 없는 물건인데 누군가 잘 쓰면 됐지. 걱정 말고 써."

다른 사람들도 고개를 끄덕였다.

"그래. 그건 이제 네 거야."

한결이도 어깨를 으쓱하며 그것 보라는 표정을 지었다. 이대로 고맙다고 인사하고 나가는 것이 맞겠지만, 왠지 그러고 싶지 않았다. 모처럼 찾아온 소중한 기회인데 그냥 방송실에서 나가기가 아쉬웠다. 조금만 더 시간을 끌어 보자 싶어서 급하게 아무 말이나 했다.

"감사합니다. 그런데 저 방송실 구경 좀 해도 될까요?"

방송실에 있는 모든 사람들의 시선이 나에게 꽂혔다. 난데없이 방송실 구경을 하겠다고 하니 이상한 모양이었다. 어떤 선배의 얼굴에는 불편한 기색이 비쳤다. 하지만 사람을 앞에 두고 거절하는 것은 쉽지 않았나 보다. 선배 중 한 사람이 그러라고 허락하자 다들 고개를 끄덕이거나 자신이 하던 일을 하면서 나한테 신경 쓰지 않았다. 단 한 사람, 한결이만 벌레를 씹은 표정으로 나를 바라봤다. 나는 그 애를 못 본 척하고 방송실을 구경하기 시작했다.

겉으로는 여유롭게 방송실을 구경하는 척했지만, 속으로는 안절부절 죽을 맛이었다. 사실 내 목적은 방송실 구경이 아니라 선배들 관찰이었다. 하지만 이어폰 속에서 들렸던 목소리와 비슷하게 말하는 선배도 없었고, 특별히 내게 관심을 갖거나 말을 거는 선배도 없었다. 한마디로 그들은 이어폰과 아무런 관련이 없는 듯했다. 내가 콘솔과 녹음 부스가 있는 쪽으로 다가가자 누군가가 말했다.

"그쪽은 만지면 안 된다."

"아, 네네."

나는 재빨리 대답하고 몸을 돌려 방송자료실로 들어갔다. 목적이 뭐였든 간에 큰맘먹고 왔는데 아무 소득 없이 방송실에서 나가고 싶지는 않았다. 좁은 방송자료실을 차지하고 있는 책상과 책장을 보자 문득 여기서 이어폰을 처음 발견했던 기억이 떠올랐다.

'맞아. 여기 떨어져 있었지. 혹시 여기에 뭐 다른 단서라도?'

하지만 책상 위에는 아무것도 없었고, 책장에는 방송용 기자재 박스와 방송용 비품이 아무렇게 놓여 있었다. 한쪽 칸에는 책이 서른 권 남짓 꽂혀 있었는데, 모두 같은 책이었다. 책의 제목이 눈길을 끌었다.

〈방송부의 어제와 오늘〉

정식으로 출간된 책이 아니라 방송부에서 자체적으로 만들어 제본한 책인 것 같았다. 그중 한 권을 꺼내 펼쳐 보니 사진과 글이 어우러진 활동 기록집 같은 내용이었다. 전통 있는 동아리답게 수십 년 전 찍은 사진들과 당시를 회상하는 글들이 실려 있었다. 페이지를 주욱 넘기다가 한 군데서 멈췄다. 거기에는 방송부원들이 찍은 사진이나 글이 있는 것이 아니라 신문 기사가 실려 있었다. 기사 헤드라인이 눈에 들어왔다.

고교 방송실에서 화재, 학생 세 명 숨져…

그 밑에는 연기가 올라오고 있는 건물의 창문을 찍은 사진이 있었다. 오래된 사진이라 그 건물이 어느 건물인지는 식별하기 어려웠다. 하지만 기사 내용을 본 순간, 지난번에 방송부 면접 대기 시간에 들었던 방송실 화재 사건이 떠올랐다.

'오 마이 갓! 그게 진짜로 실화였구나.'

그때 선배가 진짜 있었던 일이라고 하기는 했지만 별로 진지하게 생각하지는 않았다. 학교가 오래되어 워낙 전해져 내려오는 이야기가 많았기 때문에 그중의 하나겠거니 싶기도 했고, 진위 여부와 상관없이 그냥 떠도는 얘기일 거라고만 생각했다. 그런데 이렇게 기사까지 나다니. 정말 놀라웠다. 기사 밑에 있는 설명글을 읽으려는데 누군가 자료실로 들어왔다.

"야, 고수민! 아무것도 만지지 말라고 했잖아."

어느새 한결이가 자료실 입구에 서서 의심하는 눈빛으로 나를 보고 있었다. 나는 얼른 책을 책장에 꽂았다.

"너, 정말 이상하다. 구경은 지난번에 다 하지 않았어?"

한결이가 밖에 있는 사람들에게는 들리지 않게 작은 소리로 말했다.

"그랬나?"

나는 생각이 안 난다는 듯이 머리를 긁적이며 말했다. 바보 같아 보이겠지만 어쩔 수 없었다.

"자, 볼일 다 본 거지?"

한결이가 나가라고 재촉하듯이 말했다. 나는 고개를 끄덕이며 자료실에서 나와 방송부 선배들에게 다시 한 번 고맙다는 인사를 하고 방송실에서 나왔다.

솔직히 내가 기대했던 것은 얻지 못했다. 단서가 될 만한 것도 없었다. 어쩌면 애초에 방송부 선배일 것이라고 추측한 것부터 잘못인지도 몰랐다. 이어폰 속의 목소리는 그냥 선배라고만 했으니까. 하지만 왠지 아까 봤던 그 기사 내용이 자꾸 머릿속을 맴돌았다. 지난번에 방송부 선배가 했던 이야기가 사실이라는 게 놀라워서 그런 걸까. 기사 내용과 함께 실려 있던 글을 다 못 읽은 것이 아쉬웠다. 하지만 거기서 더 미적거렸다가는 한결이한테 질질 끌려 쫓겨났을 것이다.

하굣길에 세진이 엄마의 자동차가 교문을 빠져나가는 것이 보였다. 세진이 엄마는 세진이가 봉사나 학원 갈 때는 물론이고 등하교도 도와주는 모양이었다. 세진이는 또 어디로 공부하러 가나 보다, 하고 생각하는데 누가 내 어깨를 두드렸다. 차를 타고 떠난 줄 알았던 세진이가 내 옆에 서 있었다.

"어? 세진아, 너희 엄마 오셨던데?"

세진이가 시큰둥한 표정으로 말했다.

"그냥 가라고 했어."

"뭐?"

"사랑의 집 행사 때 애들 나눠 줄 선물 좀 사려고. 수민아, 마침 잘 만났다. 시간 되면 같이 갈래?"

갑작스러운 제안을 받고 얼결에 따라간 곳은 학교 근처에 있는 미니쇼핑몰이었다.

"요즘 애들 선물로는 뭐가 좋을까?"

"글쎄, 초등학생한테 인기 있는 게 뭐지?"

나와 세진이는 쇼핑몰 1층에서 문구 아이템들을 함께 구경했다. 오랜만에 초등학생용 선물을 고르다 보니 재미있었다. 세진이도 들떠 보였다. 하지만 그 와중에도 세진이에게는 계속 전화가 오고 있었다. 휴대폰 화면을 본 세진이는 짜증 난 표정을 지으며 전화를 받지 않았다. 화면에 수신 표시가 쉬지 않고 떴다. '엄마'라는 글씨가 휴대폰 속에서 소리를 지르는 것처럼 보였다. 결국 세진이는 한숨을 내쉬며 전화를 받았다.

"왜?"

세진이가 퉁명스럽게 말했다. 나는 슬쩍 자리를 피했다. 엿듣고 싶지 않았기 때문이다. 하지만 떨어져 있어도 세진이의 목소리는 또렷하게 들렸다.

"어차피 엄마가 맘대로 할 거잖아."

목소리에 날이 선 게 분위기가 예사롭지 않아 보였다. 엄마랑 싸운 걸까? 전화를 끊고 난 세진이는 갑자기 의욕이 팍 꺾인 것 같았다. 그 후에도 매장을 빙빙 돌기만 할 뿐 정작 선물 고르는 일에는 관심이 없어 보였다. 결국 우리는 선물을 고르지 못하고 그냥 나오고 말았다. 세진이는 집에 갈 생각이 없다는 듯이 나를 따라 버스 정류장까지 걸어왔다.

"수민아, 집에 가는 거야?"

"그럼 어디 가?"

"학원은 안 가?"

"난 학원 안 다녀."

"너 대단하다. 자기 주도 학습하는구나."

"자기 주도는 맞는데 학습은 아니야. 난 그냥…… 쉬어."

"뭐 하고 쉬는데?"

"음악도 듣고, 영화도 보고, 그냥 멍 때리고……."

"천국이네."

세진이가 한숨을 내쉬며 말했다. 천국이라니. 생뚱맞은 소리라고 생각하는데 멀리서 버스가 오는 것이 보였다. 세진이에게 먼저 가겠다고 말하려는데, 그 애가 무표정한 얼굴로 다가오는 버스를 보고 있었다.

"너 집에 안 가?"

"조금 더 걷고 싶어. 천국행 버스 놓치겠다. 잘 가."

세진이는 그대로 정류장을 지나쳐 터벅터벅 걸어갔다. 어깨가 축 처진 것이 내가 알고 있는 김세진이 아닌 다른 아이 같았다.

리스트 컷

기말고사가 가까워 오자 반 아이들 모두 신경이 날카로워진 게 부쩍 느껴졌다. 전교생의 반 이상이 다니던 중학교에서 공부 좀 했다는 아이들인지라 시험 기간이 되면 교실의 공기부터가 달라졌다. 매시간마다 선생님들이 시험 범위를 공지하면 아이들은 너무 많다고 아우성을 쳤다.

과학 선생님이 어이없다는 표정으로 물었다.

"얘들아, 양심적으로 이게 많냐?"

"네에, 많아요오오!"

선생님이 피식 웃었다. '녀석들, 그런다고 내가 줄여 줄 것 같냐' 하는 표정이었다.

"기말시험에서 이만큼 안 보면 1년 동안 배워야 할 진도 다 못 나가. 나중에 수능 볼 때 안 배운 데서 나오면 어쩔래?"

그제야 아이들은 조용해졌다. 모든 공부의 기준점은 수능에 나오냐 안 나오냐였기 때문이다.

아이들 대부분이 열심히 공부했다. 다차원 멤버들은 말할 것도 없었다. 전교 1등 세진이, 1등 탈환을 노리는 위현수, 그 둘을 따라잡으려는 한결이. 세 사람은 함께 팀을 짜서 공부하고 각종 대회의 전리품을 나눠 가졌지만 시험 공부만큼은 예외였다. 시험은 개인전이다. 그 뒤를 따라 엘리트 그룹이 되려는 아이들이 기를 쓰고 그들을 쫓아가고 있었다. 내 처지도 마찬가지였다. 고등학교 입학 후 떨어진 성적을 만회하기 위해서 열심히 해야만 했다.

평소에 늘 여유로워 보이던 세진이도 시험이 코앞에 다가오자 바짝 긴장하고 지친 모습이었다. 최근에는 얼굴색도 안 좋아져서 어디 아픈 애 같더니, 결국 오늘 5교시가 끝나고서는 보건실로 갔다. 내가 세진이를 걱정할 상황은 아니지만, 그래도 신경이 쓰였다. 옆에서 지켜보니 세진이는 두루 인기는 있었지만 정말 친한 친구는 없어 보였다. 하긴 공부 잘하는 아이들의 특성이 그랬다. 끈끈이처럼 붙어 다니는 친구가 없다. 아이들도 그 애가 외로운지 아닌지 궁금해하지 않는다. 하지만 친한 친구가 없다고 해서 왕따로 분류되지는 않았다. 그 애와 나는 그런 의미로 비슷하면서도 달랐다. 옆에 붙어 있는 친구가 없다는 점이나 아파도 걱정하고 챙겨 줄 친구가 없다는 점은 같지만, 엄연히 위치는 달랐다.

수업이 끝난 후 보건실로 갔다. 보건 선생님은 안 계시고 세진이만 보건실 침대에 잠들어 있었다. 미간을 살짝 찌푸린 채 눈을 감고 있는 모습을 보니 편안히 잠을 자고 있는 건 아닌 것 같았다. 침대에 누워서도 공부를 했는지 손에는 프린트 자료가 쥐어져 있었다.

세진이가 평소와 뭔가가 달라 보인다 생각했는데 지금 보니 오른쪽 손목에 시계를 차고 있지 않았다. 그 애가 늘 차고 다녀서 시그니처가 된 흰색 시계 말이다. 늘 차고 있던 것을 푼 탓인지 손목이 유달리 하얗게 보였다.

"세진아, 수업 끝났어."

내 목소리를 듣고 세진이가 눈을 반짝 떴다. 나를 발견하고 깜짝 놀란 것 같았다. 그러더니 세진이는 손에 들고 있던 자료를 부리나케 이불 속으로 숨겼다. 누가 봐도 어색한 몸짓이었다.

"이제 좀 괜찮아?"

내가 묻자 세진이가 몸을 일으키며 고개를 끄덕였다.

"별거 아냐. 요즘 잠이 부족해서…… 좀 잤더니 개운하다."

세진이가 일어나려고 몸을 일으키는 순간 나는 숨을 멈추고 말았다. 그 애의 손목 안쪽에 상처가 있었기 때문이다. 늘 시계를 차고 있어서 보이지 않던 부분이었다. 그런데 상처의 모양이 심상치 않았다. 저런 상처를 본 적이 있다. 붉은 실금 같은 상처…….

세진이가 내 시선을 느꼈는지 얼른 상처를 손으로 가렸다. 그 애도 당황한 표정이었다. 흔히 생길 수 있는 상처라면 놀라지 않았을 것이다. 그 상처는 분명 리스트 컷이었다. 손목 안쪽을 칼 같이 날카로운 것으로 그었을 때 생기는 상처 말이다. 저건 분명 자해의 흔적이었다.

나와 세진이 사이에 잠깐의 침묵이 흘렀다. 아는 척해서는 안 될 것 같았다.

"난 먼저 갈게. 빨리 와."

나는 도망치듯 얼른 보건실에서 나왔다.

충격이었다. 세진이가 왜? 뭐가 힘들어서 저런 일을? 아, 아니지. 세진이라고 힘들지 않으리라는 법은 없다. 세진이는 그 애 나름의 짐을 지고 있겠지. 그래도, 그래도 말이다. 뭐 때문에? 입시 피라미드의 맨 꼭대기에 있으면서 왜? 이유를 헤아려 보려 했지만, 당최 알 수 없었다. 늘 밝은 빛 속에 있는 아이라고 생각했는데 자기 몸에 상처를 낼 만큼 힘든 일이 있는 걸까? 언제나 스트랩이 넓은 시계를 차고 있는 이유가 상처를 가리기 위해서였다니. 그저 비싼 시계를 자랑하는 줄로만 알았는데……. 하긴 언제부턴지 그 애가 힘들어하는 것이 느껴지기는 했다. 하지만 그건 고등학생 누구나 겪는 그런 것이라고만 생각했다. 세진이의 고통을 전혀 눈치채지 못한 나 자신도 무심한 아이들 중 하나였을 뿐이라는 생각이 들자 마음 한구석이 불편했다.

교실로 돌아와 가방을 챙기는 동안 세진이가 교실로 돌아왔다.

세진이는 나를 슬쩍 쳐다보더니 옆구리에 끼고 있던 프린트를 자신의 가방 속에 넣었다. 손목을 슬쩍 보니 평소처럼 시계를 차고 있었다.

집에 돌아와서도 세진이 손목에 있는 상처의 잔상이 눈앞에 아른거렸다. 나는 그런 상처를 가진 아이를 하나 알고 있다. 직접 아는 아이는 아니고 SNS를 통해 아는 애였다. 그 애는 자해 사진을 SNS에 올리곤 했다. 알고 보니 리스트 컷 증후군을 앓는 아이였다. 자신의 몸에 상처를 내고 그것을 계속 전시했다. 상처 사진과 함께 그 애는 마음속의 우울, 불안과 싸운다고 적었다. 그 애 계정을 본 사람들은 그 애의 이야기에 공감하지 않았다. 간혹 위로의 말을 적는 사람도 있었지만, 욕을 하는 사람이 더 많았다. 그러다가 어느 순간 그 계정은 사라졌다. 그 애는 지금 잘 살고 있을까? 어쨌든 세진이가 그 애처럼 그런 행동을 하리라고는 생각도 못 했다. 정말 충격이었다.

한참을 멍하니 앉아 있다가 이래서는 안 되겠다는 생각이 들었다. 시험이 코앞이었다. 노트를 챙기다가 연습장 뒤표지에 조그맣게 쓰여 있는 숫자를 발견했다. 볼펜으로 급하게 쓴 티가 났다. 내가 쓴 건가? 나는 아무 데나 낙서하는 걸 싫어하는데…….

0, 5, 3, 1

무엇에 관한 숫자인지 기억을 더듬다가 이 숫자가 방송실 녹음 부스 문이 잠기기 전, 한결이가 알려준 방송실 출입문 자물쇠 비밀번호인 게 생각났다.

"자물쇠 잠그는 법 알지?"

"응."

"잊지 말고 꼭 잠가야 해. 안 그러면 나 선배들한테 죽어."

"응, 알았어."

"비밀번호 불러줄게. 0, 5, 3, 1이야."

그때 아마 자물쇠 비밀번호를 급한 대로 연습장 표지에 적었었나 보다. 잠깐, 그렇다면? 연습장에 쓰여 있는 네 개의 숫자를 쳐다보다가 한 가지 사실을 깨달았다.

'지금 자물쇠를 열고 방송실에 들어갈 수 있다는 거잖아!'

선배들을 관찰하기 위해 방송실에 갔던 날, 한결이가 빨리 나오라고 재촉하는 바람에 미처 보지 못한 화재 사건 기사 내용이 너무나 궁금했다. 마음 같아서는 방송실에 가서 그 책자를 빌려 오고 싶었지만, 한결이가 허락해 줄 것 같지 않았다. 아마 시험 기간이라 한결이는 지금쯤 시험 공부하느라 정신이 없을 것이다. 원래 시험 기간에는 방송을 하지 않아서 방송부원들도 방송실 출입을 하지 않는다고 들었던 것 같다.

'어? 그럼 지금이 기회네?'

기말고사가 끝나면 다시 방송이 시작되고 방송실은 시험이 끝난 방송부원들로 북적일 테니 지금이 방송실에 갈 절호의 찬스였다.

다음 날 교실에서 사물함을 정리하는 척하면서 시간을 끌었다. 교실 창문 너머로 송한결이 가방을 메고 운동장을 걸어가는 모습을 본 후 방송실로 향했다. 긴장이 되어서 손이 부들부들 떨렸지만, 이 기회를 놓치고 싶지 않았다.

"0. 5, 3, 1, 0, 5, 3, 1."

혹시나 까먹기라도 할까 봐 가는 동안 비밀번호를 속삭이면서 외웠다. 방송실 옆은 교무실이라 복도에는 아무도 없었다. 시험 전에는 교무실 출입이 금지되기 때문에 학생들은 이쪽 복도에 아예 오지 않는다. 나처럼 몰래 방송실에 들어가려는 사람에게는 행운인 셈이다. 그래도 선생님들을 마주칠지도 모르니 빨리 행동해야 했다. 비밀번호 숫자를 맞추었더니 자물쇠가 찰칵 소리를 내며 풀렸다. 나는 곧장 자료실로 향했다.

책은 그 자리에 그대로 꽂혀 있었다. 지난번에 읽었던 책을 뽑아 기사가 삽입되어 있는 부분을 찾았다. 여기서 보다가 혹시나 들킬까 싶어 사진을 찍었다. 그러고서 곧바로 책을 다시 꽂으려다가 생각이 바뀌었다. 어차피 여기는 아무도 펼쳐 보지 않는 수십 권의 똑같은 책들이 꽂혀 있었다. 내가 한 권 가져간다고 해서 티가 나지는 않을 것이다. 신문 기사가 실린 페이지가 아닌 다른 쪽에서 또 새로운 무언가를 발견할 수도 있으니까 책 전체를 꼼꼼히 살펴보면 좋을 것 같았다.

나는 책을 가슴에 안고 방송실을 나와 주변을 살피며 자물쇠를

채웠다. 쫓아오는 사람이 없는데도 도망치듯이 학교를 빠져나왔다. 교문을 나온 다음에야 요란스레 뛰던 심장이 조용해졌다. 그제야 웃음이 피식 나왔다.

'어휴. 이어폰, 이게 뭐라고 이렇게까지······.'

집으로 돌아와서 책자를 넘겨 보았다. 지난번에 읽다 만 페이지에는 이렇게 쓰여 있었다.

30여 년 전의 신문 기사다.

비극적 사건이 있던 그날의 일을 기록하고 있다. 이 일은 아직까지도 가슴 아픈 일로 많은 사람들에게 기억되고 있다. 그날 우리들의 보금자리였던 방송실에 화재가 발생했다. 당시에는 연말이 되면 한 해를 정리하는 '방송제'를 개최했다. 그 시절의 방송부 선배들은 거의 한 달 정도를 방송제 준비를 하며 모든 열정을 쏟았다. 추운 날씨에 켜 두었던 난로에서 불이 번졌고 이 사고로 세 명의 선배가 목숨을 잃었다.

당시 방송실에 있던 학생들은 화재가 발생한 후 무사히 밖으로 탈출했다. 그러나 밖으로 나온 뒤 이 모 선배가 방송실 안쪽 자료실에 잠들어 있다는 사실을 알게 되었고, 그를 구하기 위해 윤 모 선배와 정 모 선배가 들어갔다가 구하지 못하고 연기에 질식되어 쓰러지고 말았다. 화재를 진압하러 온 소방 대원이 세 사람을 구출

해 병원으로 이송했지만 세 사람 모두 깨어나지 못했다고 한다.

방송부 역사상 가장 가슴 아픈 기록을 여기에 남긴다.

화재 사건에 관한 기록은 이렇게 끝났다. 방송부 면접을 본 날 선배가 이야기해 주었던 내용과 동일했다. 두 사람은 무사히 탈출했는데도 친구를 구하기 위해 들어갔다가 안타까운 죽음을 맞이한 것이다. 요즘 같은 시대라면 상상하기도 어려운 일이겠지? 우정이라는 말, 희생이라는 말. 솔직히 뭔지 모르겠다. 앞으로도 알지는 못할 것 같다.

'선배들 사진이라도 한 장 넣어 주지.'

그 선배들이 어떻게 생긴 사람들인지 궁금했지만 정확한 이름도, 사진도 없었다. 하긴 그때라면 지금처럼 휴대폰으로 사진을 찍던 시절이 아니었으니 사진도 귀했을 것이다. 어쩌면 사진이 있어도 유가족들이 남기고 싶지 않았던 걸지도 모르고. 책 전체를 다시 훑어보았지만 화재에 관한 다른 기록은 없었다.

이어폰을 귀에 꽂고 중얼거렸다.

"이 이야기 알고 있어요? 방송실 화재 사건요."

아무 대답도 없다.

"모르는지 아는지만 알려 주세요."

역시 아무 소리도 들리지 않는다. 내가 말하면서도 어이없어서 웃음이 피식 나왔다. 이럴 때마다 내가 이상해진 것만 같았다. 음악 앱에 접속해 플레이리스트 중에서 신나는 노래를 골라 틀었다. 그리고 방송부 책자를 손 가는 대로 펴서 읽기 시작했다. 하지만 궁금증을 풀어 줄 만한 이야기는 더 발견하지 못했다.

현수 VS 세진

"수민아, 그때 못 샀던 선물 한 번 더 사러 가자."

세진이는 사랑의 집 아이들이 좋아할 만한 선물이 뭔지 감을 잡았다고 말했다. 시험이 얼마 안 남았는데 쇼핑몰에 가는 게 세진이 답지 않기도 했고, 쇼핑을 간다는 것 자체가 내키지 않았다. 하지만 그 애의 비밀이라면 비밀을 알게 된 이상 따라 주지 않을 수 없었다. 최근 들어 세진이는 부쩍 안색도 안 좋아지고 피골이 상접하다는 표현이 어울릴 정도로 살도 많이 빠져 있었다.

오늘따라 과장된 목소리와 태도로 신난 척하며 선물을 고르던 세진이가 갑자기 중얼거렸다.

"수민아, 나 언제까지 이렇게 살아야 할까?"

당황스러웠다. 무슨 뜻으로 하는 말인지 짐작이 안 갔다.

"네가 그런 말을 하다니 어울리지 않아."

세진이의 눈동자가 흔들리고 있었다. 하지만 그 흔들림이 무슨 뜻인지는 정확히 알 수 없었다. 솔직히 세진이가 내게 무슨 말을 한들 나는 공감할 수 없을 것 같았다. 세진이가 한숨을 푹 쉬며 자신의 손목시계를 만지작댔다.

"나, 어디론가 사라지고 싶어."

"네가 사라지고 싶으면 다른 아이들은 어떡하냐? 나는 이미 소멸했겠다."

일부러 너스레를 떨며 대답했지만, 세진이는 힘없이 미소만 짓다가 점점 표정이 어두워졌다.

"왜? 무슨 일 있어?"

조심스레 물었더니 세진이의 미간에 주름이 잡히며 입술이 바르르 떨렸다. 그러고는 휴대폰을 들여다보았다. 아마도 엄마의 메시지를 확인하는 것 같았다. 세진이가 한숨을 내쉬며 중얼거렸다.

"수민아, 나 좀 살려줘."

이건 또 무슨 뚱딴지같은 소리일까? 세진이의 얼굴을 쳐다봤지만, 도대체가 농담을 하는 건지 진담을 하는 건지 알 수 없었다.

"그게 무슨 엉뚱한 소리야?"

내 말에 세진이는 다시 한 번 한숨을 내쉬었다. 시선을 아래로 늘어뜨린 채 바닥을 보고 있는 그 애의 뺨이 미세하게 떨리고 있었다. 금세라도 눈물을 터뜨릴 것 같았다.

"진짜로 무슨 일 있는 거야?"

세진이는 고개를 들면서 내게 억지웃음을 지어 보였다.

"아, 아니야. 그냥 시험 기간이라 예민한가 봐."

알 수 없는 말을 하는 세진이의 모습이 당혹스러웠다. 왜 나에게 이러는 걸까. 세진이는 다시 평소와 같은 모습으로 선물을 고르기 시작했다. 우리는 필통, 장난감 블록, 인형 등 선물이 잔뜩 든 쇼핑백을 양쪽으로 나누어 들고 쇼핑몰 앞 횡단보도에 섰다.

횡단보도 신호가 바뀌자마자 어디서 지켜보기라도 한 듯 세진이 엄마의 차가 나타났고 세진이는 선물이 든 쇼핑백을 들고 차에 올라탔다. 나는 차가 멀리 사라지는 모습을 멍하니 쳐다볼 수밖에 없었다.

기말고사는 나흘에 걸쳐 치러졌다. 이번에는 나도 나름 애를 썼다. 중학교 때 같은 성적은 기대하기 힘들더라도 최악의 점수를 기록한 중간고사 성적을 어떻게든 만회하려고 노력했다. 그러나 결코 쉽지 않았다. 내가 돌진해야 하는 곳은 앞이 탁 트인 트랙이 아니라 단단한 콘크리트 벽이었다. 전력을 다해 달릴수록 더 세게 부딪혀야 했다. 그리고 더 멀리 나가떨어져야 했다.

기말고사가 끝나는 오늘, 사랑의 집 봉사가 예정되어 있었다. 오늘 같은 날은 집에 일찍 가서 하루 종일 뒹굴뒹굴해야 제격이지만, 어쩔 수 없었다. 사랑의 집에서 상반기를 마무리하는 중요한 행사가 치러지기 때문이다. 그걸 우리 시험 때문에 오늘로 정했다고 하

98

니 꼭 가 봐야만 했다.

처음에는 세진이가 이 모든 걸 계획하고 스케줄을 짜는 줄 알고 감탄했었다. 시간이 지나면서 모든 것을 계획하는 사람이 따로 있다는 것을 알게 되었다. 바로 세진이 엄마였다. 세진이 엄마는 세진이의 공부를 위해 모든 것을 진두지휘하는 사람인 동시에 운전 기사이자 비서였다. 어쩌면 나를 사랑의 집 봉사에 끼워 넣는 계획도 그 애 엄마의 생각이었을지도 몰랐다.

사랑의 집 아이들 선물을 사던 날, 세진이가 이상한 소리를 해서 걱정이 되었는데, 다행히 그날 이후로는 평소와 같은 모습이었다. 시험이 끝나자 한결 기분이 좋아진 것 같아 보이기도 했다. 친구들과 떠드는 모습이 학기 초의 세진이로 돌아간 것 같았다. 그저 시험 스트레스 때문에 그런 말들을 했던 걸까?

"한결이는 오늘 가족 행사 있어서 못 간대."

세진이가 이렇게 이야기하며 나와 위현수를 이끌고 교문으로 향했다. 이것 역시 봉사 인증 사진을 찍으려는 세진이 엄마의 입김이 작용했을 것이라는 생각이 들었다. 오늘 같은 날에도 빠지는 한결이가 오늘따라 더 얄밉게 느껴졌다. 교문 앞 차도에 자동차가 서 있는 것이 보였다.

"엄마가 너희 둘 다 데리고 오랬어."

내가 머뭇거리자 세진이가 내 팔을 끌며 말했다. 위현수는 자연스럽게 뒷좌석에 먼저 올라탔다. 세진이 엄마가 나를 보고 아는

체를 했다.

"어어, 네가 수민이니? 봉사 열심히 한다며? 목사님이 칭찬하시더라."

좋은 말인데도 왠지 듣기가 거북했다. 나의 모든 행동을 감시당하는 느낌이었다.

"힘들어도 너희가 가 주면 그 아이들이 얼마나 좋아하겠니? 그 애들이 이렇게 훌륭한 오빠, 언니들을 어디 가서 만나겠어?"

"에이, 엄마 그만해. 우리가 뭐 그리 대단하다고 그래."

"얘는, 내 말이 틀렸니? 걔네들이 정말 운이 좋은 거지. 얘들아 안 그러니?"

세진이 엄마가 말하자 옆에 앉은 위현수가 자그맣게 한숨을 쉬었다. 나는 얼른 아줌마의 말에 동의한다는 뜻으로 고개를 끄덕였다. 왜인지는 모르겠지만 위현수는 아까 우리를 만났을 때부터 인상을 잔뜩 구기고 있었다. 오늘은 미꾸라지처럼 빠져나가지 못해서 그런 것일까?

"현수야, 아줌마가 엄마한테 말씀드렸어. 너 태워서 간다고. 오늘 같은 날은 봉사해야지. 그동안 많이 빠졌잖니."

세진이 엄마도 위현수가 자주 빠진다는 것을 아는 모양이었다. 그 말을 듣는데 속으로 통쾌했다. 다차원 애들도 모두 세진이 엄마의 감시 대상인 것이다.

사랑의 집에 도착하자마자 행사장 꾸미기를 시작했다. 오늘은 풍선과 함께 현수막도 준비되어 있었고 간식도 다른 날보다 푸짐했다. 행사장 중앙 현수막에는 '도담 사랑의 집 재능 경연 잔치'라고 쓰여 있었다.

오늘도 세진이는 준비하는 모습과 원생들과 함께 어울리는 모습 등 봉사 과정 전체를 꼼꼼히 사진에 담았다. 물론 모델 담당은 세진이고 찍기 담당은 나였다.

사랑의 집에서는 1학기를 마무리하는 행사로 재능 경연 잔치를 한다. 원생이 35명밖에 안 되기 때문에 규모는 작지만, 아이들이 나름대로 행사를 위해 갈고닦은 솜씨를 뽐내는 자리다 보니 주요 행사 중 하나라고 했다. 우리에게는 한 학기 봉사를 마무리하는 자리이기도 했다.

그간 낯을 익힌 아이들이 나한테 와서 아는 척을 하고 장난을 쳤다. 천진난만한 얼굴로 다가와서 해맑게 웃고는 쪼르르 달려가는 모습을 보니 여러 일들로 지쳤던 마음이 녹는 것 같았다. 아이들 얼굴을 보면 봉사를 그만두겠다고 마음먹다가도 오기 잘했다는 생각이 들었다.

소망홀에 이렇게 많은 사람이 모인 것은 처음이었다. 자원봉사자도 여러 명 오고 외부 손님도 초대되어 행사장 안은 제법 북적였다. 합창 동아리가 그간 연습한 것을 무대에서 선보이고, 초등 저학년으로 이루어진 태권도 시범단도 멋진 시범을 보여 주었다.

행사가 시작된 후 우리도 한쪽에 앉아 행사를 구경했는데, 내 옆에 앉은 위현수와 세진이가 행사 중반부터 뭐라고 속닥이기 시작했다. 한참 대화가 끝나지 않아서 행사 중에 왜 이러나 싶었는데, 언뜻 들어 보니 시험 문제 이야기 같았다.

"수학 25번 말이야. 답 이상하지 않아?"

"그거 17이잖아."

"17 아니야. 117이야."

"117이라고?"

"그래. 근데 선생님이 준 정답지에 17이라고 쓰여 있더라. 1을 빠트리고 잘못 인쇄한 거 아닌가?"

"에이, 설마."

세진이가 말도 안 된다는 표정을 지으며 대화를 끝내려고 했지만, 위현수는 왜 '117'이 정답인지 더욱 본격적으로 설명하기 시작했다. 말로 문제를 푸는 위현수의 모습이 마치 허공에다 수식을 써 내려가는 것처럼 보였다. 그걸 듣는 세진이의 얼굴은 점점 딱딱하게 굳어 갔다. 하지만 위현수는 아랑곳하지 않고 계속해서 정답지의 답이 왜 잘못되었는지 설명했다. 솔직히 나는 문제의 답 따위 관심 없었다. 게다가 두 사람이 이야기하는 그 문제는 어려워서 풀지도 못 했다. 객관식 문제라면 뭐라도 써 넣었을 텐데, 주관식 문제라서 찍을 수도 없었다.

무대 위에서는 원생 세 명이 바이올린 합주를 하고 있었다. 연주 소리가 별로 크지 않았기 때문에 두 사람의 목소리가 자꾸 거

슬렸다. 주변에 앉은 사람들이 하나둘씩 쳐다보기 시작하자 시선을 느낀 둘이 그제야 이야기를 멈추었다. 잠시 후 세진이가 가방에서 시험지를 찾아 꺼냈고 둘은 시험지를 가지고 소망홀을 나갔다. 잘은 모르겠지만 분위기가 꽤 심각해 보였다.

세진이와 위현수가 자리를 뜨면서 의자 위에 위태롭게 놓여 있던 세진이 가방이 바닥으로 미끄러졌다. 그 바람에 가방 속에 들어 있던 참고서와 시험 자료들이 바닥에 흩어졌다.

"에휴, 참."

여러모로 성가시게 하는 아이들이었다. 나는 떨어진 것들을 주섬주섬 주워 세진이 가방에 넣었다. 그러면서 속으로 혀를 끌끌 찼다. 아니, 여태 시험공부 하느라 머리 아팠을 텐데 시험지를 또 들여다보고 싶나? 정말 못 말리는 애들이었다.

두 사람은 10분쯤 있다가 다시 자리로 돌아왔는데, 나갈 때와 달리 세진이의 얼굴이 벌겋게 상기되어 있고, 위현수의 표정은 굳어 있는 것이 둘 다 기분이 좋지 않아 보였다. 의견이 엇갈려서 기분이 상한 모양이었다. 시험 때문에 예민하게 굴고 유난을 떠는 모습이 보기 싫었다. 나는 나만 들리게 '쳇' 하고 두 사람을 비웃었다. 세진이는 자리에 앉지도 않고 가방을 챙겨 들더니 먼저 가겠다고 말했다.

"아직 안 끝났는데?"

내가 묻자 세진이가 내 귀에 대고 속삭였다.

"다음 주 경시대회 때문에 과외 있어. 먼저 갈게."

때마침 세진이의 휴대폰 화면에 엄마라는 수신자 이름이 떠올랐다가 사라지기를 반복하고 있었다. 전화가 쉬지 않고 울리는 모습이 마치 빨리 나오라고 재촉하는 것처럼 보였다.

세진이가 간 후 위현수는 굳은 표정으로 인상을 쓰고 앉아 있었다. 평소에도 말이 없고 무뚝뚝한 편이었지만 오늘은 신경이 더 날카로워 보였다. 세진이가 간 후 위현수가 혼잣말을 하는 것이 들렸다.

"참나, 그것도 모르면서 어떻게……."

무슨 소리지? 궁금해서 귀를 쫑긋했지만 위현수는 더 이상 말을 잇지 않았다. 아까 위현수와 세진이 사이의 살벌한 분위기를 생각하면 아마도 세진이한테 하는 말 같았다. 시험 문제 때문에 서로 의견이 달라 논쟁을 벌인 것이 분명했다. 하지만 시험 문제에 오류가 있으면 선생님 탓을 해야지 왜 세진이 탓을 하는 거지? 역시 위현수는 아무리 좋게 생각하려 해도 마음에 드는 구석이 없는 아이였다.

'아, 머리 아파.'

괜히 두 아이 때문에 나까지 골치가 아팠다. 제발 오늘 같은 날은 공부의 '공'자도 꺼내지 말라고!

재능 경연 행사가 끝나고 소망홀 청소를 시작했다. 위현수는 청소를 하는 건지 마는 건지 대충 시간만 보내는 것 같았다. 하긴 평소를 생각하면 지금까지 남아 있는 것도 용했다. 오늘은 행사 규모가 평소보다 커서 다른 때보다 정리할 게 많았다. 테이블 정리를 마친 뒤, 의자를 정리하다가 바닥에 떨어진 종이 묶음을 발견했다. 기말고사 시험 범위 프린트 자료였다.

'이게 왜 여기 있지?'

아까 세진이 가방이 떨어지면서 책과 프린트 자료가 바닥에 흩어졌던 것이 떠올랐다. 모두 챙겨 넣은 줄 알았는데 이건 발견하지 못했던 모양이다. 다행히 시험이 끝나서 필요하지는 않을 것 같았다. 나중에 갖다 주려고 가방에 넣으려는데 위현수가 다가와서 물었다.

"그거 뭐야?"

위현수는 대답을 듣기도 전에 내 손에 들린 프린트를 흘깃 보고 지나치려는 듯했으나 갑자기 멈춰 섰다.

"잠깐 그거 나 좀 볼게."

그러더니 위현수는 내 손에 있는 프린트를 낚아채서 유심히 들여다봤다. 평소 다른 사람 일에 관심 없는 위현수가 웬일인가 싶었다.

"그거 세진이 거야."

내가 손을 뻗어 프린트 자료를 뺏으려고 했지만 위현수는 내놓지 않았다. 그러고는 페이지를 넘겨 가며 뒤에 있는 내용까지 자세히 살펴보았다.

'헐, 시험에 미친 애 같아. 기말 다 끝났는데 저게 보고 싶을까?'

위현수는 내가 일하는 동안에도 심각한 표정으로 자료를 꼼꼼히 봤다. 그 모습이 그냥 훑어보는 기색이 아니라 마치 종이 속으로 빨려 들어갈 것 같았다. 게다가 미간을 잔뜩 찌푸리고 있는 것이 화난 것처럼 보였다. 정리가 끝나자 자원봉사자 아주머니가 떡 두 봉지를 가지고 오셨다.

"학생들 수고했어요. 덕분에 행사 잘 마쳤네."

떡을 받아서 한 봉지를 위현수에게 건네주었다. 그 애는 그제야 고개를 들어 주변을 살피더니 말했다.

"이 프린트는 내가 세진이한테 갖다 줄게."

위현수의 행동이 뭔가 이상하게 느껴졌다. 급하게 프린트를 가방에 챙겨 넣어 나가는 뒷모습이 다른 때와는 달리 몹시 허둥대고 있었다.

사랑의 집을 나서면서 이어폰을 꺼냈다. 시험도 끝나고 봉사도 마치니 마음이 후련했다. 오늘은 대답을 해 줄까? 지난번에 운동장에서 대화를 나눈 후 몇 번 더 대화를 시도해 보았지만, 그때마다 이어폰은 묵묵부답이었다. 언젠가부터 나는 무슨 말인가 하고 싶을 때 이어폰에 대고 이야기하는 버릇이 생겼다. 들어주는 사람이 있어서 그 사람에게 아무 얘기나 늘어놓듯 말이다. 답이 있든 없든 간에 그러고 나면 꽉 막혀 있던 가슴이 조금 뚫리는 것 같기도 했다.

"요즘 이 노래가 좋아졌어요. 이 노래 부른 가수 알아요?"

"오늘 급식 진짜 별로였어요. 난 카레 안 좋아하거든요. 그리고 요구르트도요. 근데 카레랑 요구르트가 나온 거 있죠? 우웩, 정말 토할 뻔했어."

"수학 선생님 때문에 미치겠어요. 정말 그걸 우리가 알 거라고 생각하나? 허, 참!"

물론 돌아오는 대답은 없었다. 그래도 혼자 지껄이다 보면 언젠가는 진짜로 내 말을 들어줄 것만 같은 기분이 들었다. 오늘도 마찬가지였다. 답답한 마음을 털어내고 싶었다.

"아, 정말 지쳐요."

버스 정류장으로 향하면서 중얼거렸다.

"시험에다, 봉사에다, 위현수는 이상한 소리나 하고……."

그때였다. 라디오 주파수가 채널을 찾았을 때의 느낌이라고 할까. 숨어 있던 세계로 통하는 통로가 열리는 느낌이라고 할까. 이어폰에서 목소리가 들릴 때의 미세한 신호 같은 것이 느껴졌다.

"그래도 열심히 했잖아."

목소리를 들으니 기운이 솟는 것 같았다.

"제가 열심히 했어요?"

"네 나름 열심히 했겠지."

나름? 그래, 나름 열심히 했어. 아주 열심히 한 것은 아니지만 내 나름으로 할 수 있는 데까지. 거창한 말은 아니지만 위로가 되었다. 목소리가 들리면 정체가 뭐냐고 꼭 물어보려고 했었다. 하지만 지금 이 순간에는 묻지 말아야겠다고 생각했다. 꼬치꼬치 캐물으면 또 한참을 나타나지 않을지도 모른다. 지금 나는 이 목소리가 필요했다. 조금 더 내 이야기를 하고 싶었다.
"고마워요. 얘기 들어줘서."

"이 정도 가지고 뭘."

유난히 답답해서 그랬을까? 평소라면 하지 않았을 말들이 마구 나왔다.
"모두 나를 하찮게 봐요. 그럴 때는 나도 그 애들을 하찮다고 생각하죠. 그게 나쁜 방법이라는 건 알아요. 하지만 그렇게라도 생각하지 않으면 너무 괴로워요."

"친해지고 싶은 애 없어?"

"친해지고 싶은 애요?"

"응. 저 애라면 나랑 잘 맞겠다 싶은 애 있잖아."

나랑 잘 맞겠다 싶은 애. 그런 친구를 찾는 일은 이미 오래전에
포기했다.

"그냥 한번 부딪혀 봐. 의외로 쉽게 친구가 생길 수도 있잖아."

하지만 그건 너무 무모하고 순진한 생각 같았다. 나랑 잘 맞겠
다고 생각했다가 뒤통수나 안 맞으면 다행이다. 그래도 이야기를
더 듣고 싶었다. 어쩌면 정말로 묘수가 있을지도 몰랐다. 바로 그
때 엄마로부터 전화가 왔다. 그 바람에 대화는 끊기고 말았다.
"아휴, 중요한 이야기 중이었는데 하필 엄마가 지금 전화하는
바람에 끊겼잖아."
"그게 무슨 소리야? 전화 끊고 다시 하면 되잖아."
"참나, 그런 게 아니야."
"엄마, 오늘 회식이니까 집에 들어갈 때 먹고 싶은 거 사 가지고
들어가."
"알았어."
전화를 끊고 서둘러 이어폰에 다시 말을 걸어 보았지만 대답이
없었다. 아까 하던 이야기를 더 하고 싶었는데 너무 아쉬웠다.
버스에서 내려 떡볶이를 사고 편의점에 들러 콜라와 아이스크

림, 볶음 컵라면까지 샀다. 오늘 같은 날에는 달고 매운 것들로 시험 기간 동안 받은 스트레스를 풀어야 하기 때문이다.

간식을 잔뜩 쌓아 놓고 휴대폰으로 웃긴 영상을 찾아보는데, 문득 사랑의 집에서 있었던 일이 떠올랐다.

'참나, 그것도 모르면서 어떻게⋯⋯.'

위현수가 그 뒤에 하려고 했던 말이 뭐였을까? 요 며칠 교실에서 떠돌던 이야기들이 생각났다. 얼마 전 수학 시간에 기말고사 대비 쪽지 시험을 봤는데 세진이가 반타작 밖에 못 했다는 이야기였다. 처음에 아이들은 세진이도 그 점수를 받을 정도로 시험이 어려웠다는 이야기를 하려고 했다. 그런데 위현수나 한결이 등 웬만한 상위권 아이들은 다 맞거나 한두 개 정도 밖에 틀리지 않은 것이다. 그뿐 아니다. 학기 초에는 친구들이 물어보는 문제를 성의껏 가르쳐 주던 세진이가 언젠가부터 짜증을 내며 피한다는 것이다. 그 이유가 문제를 풀다가 자꾸 막혀서라나 뭐라나.

확실히 세진이가 학기 초에 비해 많이 변한 것은 사실이었다. 살도 눈에 띄게 빠지고 혈색도 창백해 보였다. 최근에는 여유로운 표정을 짓는 모습도 보기 힘들었다. 손목의 상처를 발견하기 전까지는 그저 공부하느라 힘들어서, 그 많은 학업 스케줄과 스펙 관리 때문에 힘들어서 그런 거라고만 생각했다. 지난번에 쇼핑몰 앞에서 세진이가 했던 말이 머릿속에서 떠나지 않았다.

'수민아, 나 좀 살려 줘.'

무슨 일일까. 분명히 무슨 일이 있는 것이 틀림없었다. 그런데, 지금 내가 뭐하고 있는 거지?

"어이구, 내가 지금 김세진 걱정할 때야?"

나는 오늘 그간의 시름을 잊고 행복하게 지낼 권리가 있다. 아니 이건 의무다. 소파에 편하게 누워 웹툰을 보기 시작했다. 그런데 왠지 모르게 시시하게 느껴졌다. 그리고 허전했다. 함께 행복한 시간을 보낼 수 있는 누군가가 있으면 좋을 텐데……. 다시 이어폰을 낀 후 중얼거렸다.

"나랑 얘기 좀 해요. 심심하단 말이에요. 아무 이야기든 좋아요. 아무거든…….'

목소리가 들리면 어떤 이야기를 할까 생각하다가 그대로 잠이 들고 말았다.

다음 날 학교에 갔더니 분위기가 심상치 않았다. 아침부터 수학 25번 단답형 문제 때문에 교실 전체가 시끄러웠다. 아니 1학년 교실이 있는 복도 전체가 들끓고 있었다. 그 문제가 위현수가 봉사 시간에 말했던 대로 117이 정답이라는 것이다. 선생님이 답지에 실수로 '1'을 빠트리고 17로 잘못 기재했을 거라는 추측이 지배적이었다. 난이도가 높은 문제라 틀린 아이들이 훨씬 많았다. 정답을 맞힌 애들은 어쩐지 이상했다면서 목소리가 커졌다. 조회 전에 수학 선생님이 교실을 돌면서 답안 정정을 했다.

"얘들아, 25번 답은 117로 정정한다."

아이들 말을 들으니 어제 오후에 학부모들의 항의 전화가 빗발친 모양이었다. 어련히 알아서 확인할 텐데 왜들 그렇게 법석을 떠는지 모르겠다. 그저 답안지에 117이 17로 잘못 쓰인 것뿐인데. 채점을 한 것도 아니고 성적이 나온 것도 아닌데 말이다.

나는 슬쩍 세진이를 살폈다. 어제의 심각한 얼굴과는 딴판으로 생글생글 웃으며 주변 아이들과 떠드는 모습이 평소와 다를 바 없었다. 그러다 문득 조금 이상하다는 생각이 들었다. 117과 17은 모양은 비슷하지만 수치상으로는 큰 차이가 있는데 세진이는 어떻게 선생님이 정답지에 써 놓은 대로 답을 쓴 걸까?

조회 시간에 봉사상 표창이 있었다. 어제 사랑의 집에서 세진이가 봉사상을 받을 거라고 하더니 진짜였다. 상장을 받으러 나가는데 분위기가 이상했다. 내가 심화 탐구 보고서에 이어 봉사상까지 받자 아이들이 의심 어린 눈빛으로 나를 쳐다보았다. 그 눈빛이 이렇게 말하는 것 같았다.

'다차원이 상 받는 건 원래 그런 거라고 치고, 너는 뭐야? 너는 상위권도 아닌데 왜 거기 껴 있어? 혹시 다른 이유가 있는 거야?'

아이들은 쿨한 척해도 실은 누구보다 예민하다. 명문 고등학교에 입학했다는 자부심도 잠시일 뿐, 한 학기가 끝나기도 전에 지극히 냉정한 평가 앞에서 마치 범죄라도 저지른 듯 자책하고 무너지기 때문이다.

"고수민, 너, 성적 많이 올랐냐?"

담임선생님이 조회를 마치고 나가자 결국 누군가 목소리를 내고 말했다. 순간 교실에 정적이 깔렸다. 다들 무심한 척하면서 귀를 모으고 있는 것이다. 자신들한테는 불가능하게 보이는 일을 저 애는 어떻게 한 건지 의심하는 것이다. 나는 아무 말도 하지 않았다. 그 애는 집요하게 물고 늘어졌다.

"다음엔 다차원에 얹혀서 교과우수상도 타는 거 아냐?"

또 다른 누군가가 핀잔을 주었다.

"야, 왜 고수민한테만 그래?"

"왜 그러긴? 정정당당하게 받는 건가 궁금해서 그러지."

나는 더 이상 참지 못하고 쏘아붙였다.

"내가 정정당당하지 않은 게 뭔데?"

예상하지 않은 반격에 놀랐는지 다들 조용해졌다. 그때 세진이가 끼어들었다.

"너희가 잘 몰라서 그래. 수민이가 봉사를 얼마나 열심히 했는데. 정말 성실하게 해서 상 받아야 한다고 내가 추천했어."

몇몇 아이들이 고개를 끄덕였다. 대체로 수긍하는 분위기였다.

"그래. 봉사상이잖아. 누구나 받을 수 있어."

"누구나 받는 게 아니라 김세진이 추천해서 받는 거잖아."

"고수민은 좋겠다. 세진이가 추천해 줘서."

날 서 있던 눈길들이 세진이의 한마디에 잠잠해졌다. 세진이가 추천해야만 나는 상을 받을 수 있는 건가. 솔직히 봉사는 내가 더 열심히 한 것 같은데. 세진이가 나를 바라보며 싱긋 웃었다. 다른 때라면 그 모습을 보며 억지 미소라도 지었을 텐데 얼굴에 석고라도 부은 듯 굳은 얼굴이 펴지지 않았다.

며칠 후 시험 결과가 나왔다. 세진이는 수학 25번을 틀리기는 했지만 이번에도 전교 1등이었다. 전교 1등이니 자동으로 반 1등이었고, 위현수는 반 2등, 한결이는 반 3등으로 중간고사와 같은 결과였다. 위현수가 아무리 기를 써도 세진이를 뛰어넘기는 힘든 모양이었다. 어른들은 성적을 올리라고 쉽게들 말하지만 성적은 올리는 게 아니다. 누군가를 제치고 그 자리를 차지하는 것이다. 내 점수가 높아진 것은 중요하지 않다. 내가 몇 명을 제쳤느냐가 중요한 것이다.

여름방학이 다가오면서 세진이는 보건실에 가 있는 시간이 늘어났다. 어차피 교실에서는 시험 진도가 다 끝났기 때문에 정상적인 수업이 이루어지지 않고 있었다. 학교 차원에서 진행되는 진로 체험 수업이나 단체 봉사 활동이 있는 날이 아니면 대부분 자율 학습이라는 이름으로 각자 할 일을 하면서 느슨하게 보냈다.

붕 뜬 분위기 속의 교실에서 부쩍 다시 보건실에 자주 가는 세진이를 향한 아이들의 수군거리는 소리가 들렸다.

"기말 끝났는데도 집에 가서 새벽까지 공부한다나 봐. 요즘 교실이 공부할 분위기가 아니잖아. 차라리 보건실이 공부 잘 될 거 아냐?"

"어휴, 공부 기계냐? 좀 질린다."

그런데 나는 그렇게 생각하지 않았다. 예전 같으면 세진이에 대한 그런 이야기를 들었을 때 그대로 믿었을 것이다. 하지만 지금은 달랐다. 내 눈에는 그 애가 생기가 다 빠져나간 채 바스락거리는 마른 잎처럼 보였다. 평소와 똑같은 척 연기하고 있지만 분명히 달랐다.

속사정이 어떻든 남들이 보기에 세진이가 보건실까지 이용하면서 공부하는 것처럼 보였다면, 위현수는 조금 다른 모습이었다. 그 애는 기말고사가 끝난 이후로 태도가 눈에 띄게 달라졌다. 원래 냉정하게 자기 페이스를 지키던 아이인데 왠지 크게 흔들리고 있는 것 같았다. 갑자기 땅이 꺼져라 한숨을 쉬기도 하고 책상 위에 엎드린 채 한참 있다가 신음 비슷한 소리를 내기도 했다.

세진이한테 등수가 또 밀려서 저러는 걸까? 그게 아니라면 두 사람 사이에 무슨 일이 있었던 걸까? 사랑의 집에서 얼굴이 백지장이 된 채로 중얼거리던 위현수의 모습이 떠올랐다. 그나저나 위현수는 그날 세진이에게 준다던 프린트를 제대로 전달했을까? 요 며칠 이상하게도 위현수와 눈을 마주치는 일이 잦았다. 그 전에는 한 번도 없던 일인데……. 혹시 나를 쳐다보고 있었던 걸까? 눈이 마주칠 때마다 위현수는 곧바로 시선을 돌리기는 했지만 내게 용건이 있는 것처럼 느껴졌다. 물론 그럴 리가 없겠지만.

오늘은 단축 수업을 하는 날이라 다른 때보다 수업이 빨리 끝났다. 가방을 챙기는데 휴대폰으로 문자가 왔다.

수민아, 미안한데 내 가방 좀 보건실로 갖다 줄래?

세진이였다. 나는 알겠다고 답장한 뒤 세진이의 책상으로 갔다. 그 애 책상 위에는 아무것도 없었고 가방만 책상 옆 고리에 걸려 있었다. 가방을 챙겨 교실에서 나가려는데 위현수가 나를 불렀다.
"고수민!"
위현수는 내게 무슨 말인가 하려다가 내가 들고 있는 가방을 보더니 말을 돌렸다.
"그거 김세진 가방이야?"
"응. 세진이가 부탁해서 보건실에 갖다 주려고."
내 말을 듣고 뭔가 할 말이 있는 것처럼 입술을 달싹이던 위현수는 "아니야" 하면서 돌아섰다.
'쳇, 뭐가 아니라는 거야. 사람 불러 세울 때는 언제고.'
위현수의 퉁명스러운 태도는 새삼스러울 게 없었지만 요즘 그 애의 행동은 정말 이상했다. 별꼴이라 생각하며 보건실로 가니 세진이가 누워 있던 침대를 정돈하고 있었다.

"어머, 친구가 가방 가지고 왔네."

보건 선생님이 약간 과장되게 밝은 목소리로 말했다. 내게 가방을 건네받는 세진이의 손목에 시선이 갔다. 시계 주위가 발갛게 부어 있었다.

'혹시 또 상처를 낸 건가……'

내 시선을 의식한 세진이가 어깨를 으쓱하며 말했다.

"괜찮아. 별거 아냐."

왠지 그 말투가 평소와 다르게 느껴졌다. 당당하고 자신감 넘치던 김세진이 아닌 체념한 사람의 말투였다.

중앙 현관을 나서자 여름의 뜨거운 햇살이 머리 위로 쏟아졌다. 하늘을 쳐다보는 세진이의 옆모습은 마치 얇은 종잇장처럼 위태로워 보였다.

나는 조심스럽게 물었다.

"손목은 또 왜 그랬어?"

세진이가 고개를 떨구고 옅은 한숨을 쉬며 말했다.

"그냥, 답답해서. 그럴 때 있잖아. 미칠 듯이 답답한데 아무것도 할 수 없을 때."

물론 나도 그럴 때가 있다. 하지만 자기 몸에 상처를 내다니……. 모든 것을 다 갖춘 세진이가 저토록 힘들어하는 이유가 뭘까? 학업 스트레스? 압박감? 하지만 세진이라면 스트레스나 압박감 정도는 충분히 이겨 낼 멘탈의 소유자가 아니었던가?

교문을 지나 도로가에 들어서자 자동차 경적 소리가 들렸다. 세진이네 엄마였다. 세진이는 잠깐 멈칫하더니 못 들은 척 앞으로 걸었다. 다시 경적이 울렸다. 그 애는 아랫입술을 깨문 채 몇 걸음 더 걸었다. 이내 경적이 신경질적이게 반복적으로 울려댔다. 세진이가 결국 멈춰 섰다. 그러고는 나를 바라보았다. 그 애의 표정을 본 순간 나는 아무 말도 못 하고 가만히 서 있을 수밖에 없었다. 세진이는 금방이라도 울음을 터뜨릴 것 같은 표정, 모든 것이 무너져 버리기라도 한 것 같은 표정을 짓고 있었다. 세진이는 무언가를 결심한 듯이 차가 서 있는 도로 반대쪽으로 걸으면서 말했다.

"수민아, 오늘 하루만 나랑 놀아 줄래?"

나는 얼떨결에 고개를 끄덕였다. 세진이는 내 팔을 붙잡고 뛰기 시작했다. 나는 뒤도 돌아보지 못하고 세진이가 가는 대로 끌려갈 수밖에 없었다. 한참 뛰던 세진이가 멈춘 곳은 학교 인근 아파트에 있는 상가였다. 상가를 죽 둘러보던 세진이는 1층에 있는 아이스크림 가게로 들어갔다. 세진이가 내게 물었다.

"아이스크림 먹을래? 아니면 셰이크?"

우리는 나란히 아이스크림을 들고 창가 쪽 자리에 앉았다. 거리에 면해 있어서 밖이 잘 보이는 곳이었다.

"이상해. 왠지 너한테는 솔직하게 다 털어놓고 싶어져."

세진이가 아이스크림 스푼을 내려놓고 상처가 있는 손목을 감싸면서 말했다.

"그게 무슨 말이야?"

"너한테 봉사 같이하자고 할 때부터 그런 마음이었던 것 같아. 왠지 너라면 괜찮을 것 같았어. 그런데 네가 다 알게 되면 실망할까 봐……."

"실망이라니?"

"수민아, 나 그냥 사라질까?"

"갑자기 왜 그래?"

"수민아, 나 말이야. 너한테만큼은 진실을 말하고 싶은데……."

세진이는 무슨 말인가 하려고 몇 번이나 시도했지만, 차마 입이 안 떨어지는지 한참을 망설이기만 했다. 나는 그냥 그 애의 맞은 편 자리에 앉아 그 애의 아이스크림이 녹아서 물처럼 변하는 모습만 뚫어지게 보았다. 결국 세진이는 아이스크림을 제대로 먹지도 못하고, 하고 싶은 말을 시원하게 하지도 못하고 가게를 나왔다. 그 애는 버스정류장에서 나와 함께 버스를 기다렸다. 내가 버스에 오른 후, 차가 출발할 때까지도 정류장에 서서 나를 바라보았다.

다음 날 세진이는 학교에 오지 않았다. 그리고 점심시간이 끝날 무렵 위현수의 부모님이 학교에 왔다는 소식이 들렸다. 위현수는 호출을 받고 내려가 종례가 끝날 때까지 교실에 돌아오지 않았다. 그 애의 부모님이 학교에 온 이유를 아는 사람은 아무도 없었다. 한결이조차도 모르는 것 같았다. 그러고 보니 며칠에 한 번은

울리던 다차원 단톡방 알림도 울리지 않은 지 꽤 되었다. 아무래도 김세진과 위현수 둘 사이에 무슨 일이 있는 게 분명했다. 대체 무슨 일이기에 이토록 분위기가 뒤숭숭한 걸까.

결국 위현수와 세진이를 신경쓰느라 하루가 다 가 버렸다. 찜찜한 기분으로 집으로 가는 중에 엄마에게 전화가 왔다.

"수민아, 오늘 아빠 올라와."

"갑자기 왜?"

"으응, 그게……."

엄마가 말을 흐리는 것이 이상했다.

"왜?"

"엄마가 입원해야 할 것 같아서."

입원한다고? 나는 내 귀를 의심하며 다시 물었다.

"그게 무슨 말이야?"

"응. 별거 아니야. 병원에 며칠만 있으면 돼."

안 그래도 오늘 아침에 열이 나고 배가 아파 월차를 낸다고 하더니 단순한 몸살이 아니었나 보다. 최근에 엄마는 많이 피곤해했다. 회사에서도 스트레스를 많이 받는 눈치였다. 자고 난 얼굴이 푸석해 보여서 속으로 '엄마도 늙나 보다'라고만 생각했다. 그런데 괜히 그런 게 아니었던 것이다.

"어디가 아픈데?"

"급성신우염이래."

처음 듣는 병명에 머릿속이 하얘졌다.

"엄마 나이대에는 흔히 걸리는 병이야. 며칠 입원하면 되니까 걱정 말고 문단속이나 잘 해. 병원에는 아빠가 올 거니까 신경 쓰지 말고."

"나도 병원 갈래."

"엉뚱한 소리 말고. 너는 내일 아침에 일찍 일어나서 학교 가는 게 엄마 도와주는 거야."

전화를 끊고 생각해 보니 엄마가 아파서 입원한 모습을 본 적이 없었다. 병원도 잘 가지 않았던 것 같다. 엄마는 항상 강하고 단단했다. 적어도 내 기억으로는 그랬다. 하긴 나 같은 고등학생 딸이 있으니 엄마도 이제 늙고 아플 수 있다. 그게 당연한 건데 나는 왜 엄마가 영원히 젊고 건강할 거라고만 생각했을까.

혼자 있는 집, 혼자 있는 밤이라니. 세상에 태어나 처음 있는 일이었다. 하지만 그렇게 무섭지만은 않았다. 이제 나도 자란 걸까. 하지만 자려고 누워 있다 보니 눈물이 갑자기 핑 돌았다. 별거 아니라는 엄마의 말을 믿고 싶었지만 마음이 무거웠다.

세진이의 말이 떠올랐다. 답답한데 아무것도 할 수 없어서 그래……. 그 마음을 나도 안다. 속이 꽉 막힌 것처럼 답답한 마음, 화가 나고 슬픈데 털어놓을 사람이 없어서 더 답답해지는 마음, 누가 내 말을 들어줬으면 좋겠는데 옆에 아무도 없는 쓸쓸한 마음 말이다.

프린트의 비밀

여름방학이 코앞으로 다가오자 교실은 들뜬 분위기였다. 1교시 국어 시간에는 선생님이 예술 영화를 보여 줘서 모두 영화 감상을 했다. 하지만 우리가 보기에는 좀 어렵고 지루한 영화였다. 처음에는 신나서 보기 시작하던 아이들도 이내 딴짓을 하기 시작했고 더러는 엎어져서 잤다. 나도 반쯤 감긴 눈으로 교실을 둘러보다 세진이 자리에서 눈길이 멈췄다.

세진이는 사흘째 학교에 오지 않고 있었다. 내일이 종업식이니 아마 내일까지 결석하고 방학으로 넘어가려는 것 같았다. 중학교 때도 방학 며칠 전부터 체험학습을 신청해서 여행을 가거나 여름방학 특강에 들어가는 아이들이 종종 있었다. 학교에서 의미 없는 시간을 보내느니 남들보다 빨리 '방학 열공 모드'로 들어가겠다는 계획이다. 세진이도 그런 걸까?

"고수민, 할 말 있어. 잠깐만 나와 봐."

수업이 끝나고 사물함에서 방학 동안 집에 가져가야 할 물건을 챙기고 있는데, 위현수가 나를 불렀다. 며칠 전에도 뭔가 할 말이 있는 것 같더니 대체 뭐 때문에 이러는 걸까? 위현수는 복도 끝까지 걸어가더니 창문 앞에 서서 사람이 없나 두리번거리며 말했다. 위현수의 표정이 매우 초조해 보였다.

"일이 생겼어. 장영준 선생님이 너를 부를 거야. 그러면 일단 그냥 주운 거라고 해."

밑도 끝도 없는 소리였다. 장영준 선생님이 왜 나를 찾는 거지?

"뭘 주워?"

"사랑의 집에서 주운 프린트 있잖아. 그거 때문에 문제가 생겼어."

위현수가 갑자기 무슨 이야기를 하는 건지 알 수 없었다. 프린트라면 세진이가 떨어트렸던 그걸 말하는 건가?

"네가 세진이 갖다 준다고 가져간 거?"

"그래. 그 프린트."

"그게 왜?"

위현수의 표정이 일그러졌다. 위현수는 뭐라고 하면 좋을지 모르겠다는 듯이 한숨을 내쉬며 제 가슴을 두드렸다. 할 말은 많은데 쉽게 안 나오는 모양이었다. 그때 교실 쪽에서 나를 부르는 소리가 들렸다.

"수민아, 고수민."

담임선생님이 교실 문 앞에서 나를 부르고 있었다. 위현수의 얼굴에 당황한 기색이 역력했다.

"거 봐. 부르잖아. 내가 말한 거 명심해. 그냥 봉사하다가 주운 거라서 모른다고 해. 잘 말해야 해. 아주 중요한 일이야."

위현수가 다급한 목소리로 말했다.

"도대체 무슨 소리야? 그거 세진이 건데 뭐가 문제라는 거야?"

"다 말했어. 김세진 거라고. 그런데도 안 믿어."

"누가 안 믿어?"

"장영준 선생님이 안 믿는다고. 거기에 이름이 쓰여 있는 것도 아니고, 김세진 거라는 증거가 없대."

그때 담임선생님이 나를 또 불렀다.

"수민아, 빨리 와라."

나는 어쩔 수 없이 위현수를 뒤로 하고 담임선생님에게 갔다. 선생님이 멀찍이 서 있는 위현수를 쳐다보면서 말했다.

"현수한테 상황 설명 좀 들었니?"

"듣긴 들었는데 무슨 말을 하는 건지 모르겠어요."

담임선생님이 걱정스러운 표정으로 나를 바라보며 말했다.

"일단 교무실에 가서 이야기하자. 이게 대체 다 무슨 일인지……."

담임선생님의 말이 마음에 걸렸다. 무슨 일인지? 정말로 무슨 일이라도 생겼다는 말인가?

교무실 옆 상담실에 들어가자 장영준 선생님이 테이블에 앉아 있었다. 장영준 선생님은 입시 지도를 담당하는 연구 부장이다. 주로 입시 전략이나 스펙 관리에 관한 정보를 공유해 주는 업무를 담당했는데, 그 때문인지 선생님은 평소에 다차원 아이들 스펙 관리에도 특별히 신경을 많이 쓰는 것 같았다.

장영준 선생님은 우리 반 수업에는 따로 들어오지 않아서 나는 한 번도 선생님과 이야기를 나눠 본 적이 없었고, 당연히 선생님도 나를 모를 것이라 생각했다. 그러나 선생님은 마치 나를 이전부터 잘 알고 있던 것처럼 친근하게 물었다.

"수민아, 현수가 학교에 제출한 프린트 말이야. 네가 갖고 있던 거라고 하더라. 어떻게 된 일이니?"

두 선생님이 동시에 나를 빤히 쳐다보았다. 갑자기 긴장이 되면서 입이 잘 안 떨어졌다. 위압적으로 묻는 것도 아닌데 왜 이렇게 머릿속이 하얘지는 걸까? 방금 전까지만 해도 나는 잘못한 게 없으니 걱정할 것 없다고 생각했는데 막상 닥치고 보니 마치 큰 잘못이라도 저지른 양 말을 더듬게 되었다.

"봉, 봉사하는 고, 곳에서 주웠어요. 바, 바닥에 떨어져 있길래 세진이 것 같아서 돌려주려구요. 그런데 위현수가 대신 갖다 준다길래……."

"바닥에 떨어져 있는데 왜 세진이 거야?"

장영준 선생님이 내 눈을 똑바로 보면서 물었다.

"세진이 가방이 바닥에 떨어지면서 가방 안에 있던 것들이 쏟아져 나왔었거든요."

"가방에서 나오는 걸 봤어?"

왠지 선생님의 목소리가 내게 따져 묻는 것 같이 느껴졌다.

"보지는 못했지만, 그 가방이 떨어지고 발견된 거라 당연히 가방에서 나온 거라고 생각했어요."

"그럼 정확히 본 게 아니니까 신빙성이 없는 답변이네."

이렇게 말하며 선생님이 담임선생님을 바라보았다. 장영준 선생님의 표정이 무슨 의미인지, 두 사람이 어떤 의견을 교환하는 건지 알 수 없었다.

"세진이는 오늘 학교 안 왔다고 하셨죠?"

장영준 선생님이 묻자 담임선생님이 대답했다.

"네. 내일까지 체험학습 신청했는데 필요하면 불러야죠."

장영준 선생님이 알았다는 듯이 고개를 끄덕이며 담임선생님과 나를 보며 말했다.

"어쨌든 두 사람 이야기를 종합해 보면 수민이가 바닥에 떨어져 있는 프린트를 주워서 현수에게 준 거네요. 세진이는 그때 없었고……."

왠지 그 말이 내가 프린트 주인이라고 이야기하는 것처럼 들렸다. 그런데 의문이 들었다. 왜 그 프린트가 누구 것인지 선생님들이 캐묻는 거지? 그 이유는 모르겠지만 어쨌든 가만히 있어서는 안 될 것 같았다. 내 것이 아니라고 이야기하려는데 장영준 선생님의 휴대폰이 울렸다. 선생님이 휴대폰을 들고 상담실 밖 복도로 나갔다. 나는 귀를 쫑긋하고 선생님의 말에 신경을 곤두세웠다.

"현수 아버님, 확인해 보았는데 그게 세진이 거라는 확실한 증거가 없습니다. 현수가 착각한 것 같아요. 다른 아이가 가지고 있던 것 같습니다. 그냥 아이들끼리 세진이 건가 보다, 그렇게 생각한 거예요. 아, 그게 말입니다. 25번 문제는 단순히 우연일 수도 있어요."

25번 문제? 수학시험을 말하는 것 같았다. 25번 답 때문에 위현수와 세진이가 실랑이했던 기억이 떠올랐다. 그 문제가 지금 왜 나오지? 프린트와 수학 25번? 줄곧 심각한 표정을 짓고 있는 담임선생님한테 물었다.

"선생님, 그 프린트에 뭐가 있었는데요?"

"선생님도 아직 확인이 필요해서 말 못 해 줘. 근데 정말로 세진이 것인 게 확실해? 선생님 말씀대로 바닥에 떨어져 있었던 걸로는 알 수 없잖아."

가방에서 나오는 걸 직접 보지는 못했다. 하지만 그런 상황이라면 누구라도 세진이 것이라고 생각할 것이다. 세진이 것이 아니라면 도대체 누구 것이란 말인가.

"행사 도중에 가방이 떨어진 사람이 세진이밖에 없었고, 프린트물이 떨어진 위치에 세진이 말고 가방을 둔 사람이 없었어요. 그래서 세진이 것이라고 생각했어요."

담임선생님은 한숨만 크게 내쉬며 아무 말도 안 했다. 잠시 후 장영준 선생님이 돌아와서 담임선생님에게 말했다.

"선생님, 저랑 이야기 좀 하시죠."

장영준 선생님 얼굴에 곤혹스러운 빛이 가득했다. 담임선생님이 내게 말했다.

"수민아, 일단은 가 봐."

내가 상담실에서 나가는 동안 두 선생님은 침묵을 지키고 있었다. 그 침묵이 부자연스럽게 느껴졌다. 무슨 이야기를 하려는 걸까. 내가 복도로 나오자 상담실 문이 닫히는 소리가 들렸다.

위현수가 교실 복도에 서서 기다리고 있었다. 위현수는 내 얼굴을 보자마자 물었다.

"장영준 선생님이 뭐래?"

"그 프린트 누구 거냐고."

"그럴 줄 알았어. 누가봐도 김세진 건데."

위현수가 못마땅하다는 표정을 지었다.

"근데 그 프린트 말이야. 혹시……."

"기말고사 문제야."

"기말고사?"

"그래. 시험 문제가 사전에 유출된 거라고."

온몸에 소름이 돋았다. 그런 일이 있을 수 있나? 시험 문제가 유출되다니 믿을 수 없었다.

"말도 안 돼…….."

내가 중얼거리자 위현수가 격앙된 목소리로 말을 이었다.

"그때 확인해 보니까 기말고사 문제가 프린트에 다 적혀 있었어. 이게 시험지 유출이 아니고 뭐야? 어쩐지 이상했어. 수학 25번 문제 말이야. 정답지에 17로 잘못 나왔었잖아. 그런데 김세진이 17로 썼더라구. 그게 무슨 말이겠어? 답을 외워서 썼다는 소리지."

하, 그럴 수가. 너무 충격적이어서 머리가 어지럽고 속이 메슥거릴 정도였다. 세진이의 전교 1등이 자신의 실력이 아니라 부정행위의 결과였다니 기가 막혔다. 그제야 그동안 이상하다고 여겨졌던 것들이 이해가 되면서 퍼즐이 맞춰졌다. 위현수의 이상한 태도, 학기 초와 너무나 다르게 변한 세진이, 시험 전에 나한테 했던 말들…….

그래서 그날 위현수가 프린트를 보고 놀란 거구나. 하지만 여전히 이해할 수가 없었다. 어떻게 시험 문제가 유출되고 그걸 세진이가 갖고 있을 수 있었던 거지?

"중간고사까지만 해도 꼼꼼하게 내신 대비 잘 해서 전교 1등 했나 보다 생각했어. 그런데 내신에 비해 모의고사 성적이 형편없더라고. 학원 시험 성적도 그렇고. 그때부터 이상하다 생각했는데 역시 자기 실력이 아니었어."

위현수는 여전히 분을 못 참겠다는 듯이 흥분된 어조로 말을 쏟아냈다. 나는 위현수가 그렇게 말을 많이 하는 것은 처음 봤다. 1등 자리를 부당하게 빼앗겼으니 분할 만도 했다.

세진이에 관한 수상한 소문들이 하나둘씩 떠올랐다. 고등학교에 입학한 후 갑자기 전교권이 되었다는 이야기, 아이들이 물어보는 문제를 풀지 못하고 자꾸 막혔다는 이야기, 세진이의 평소 성적 같지 않은 쪽지시험 점수 등.

"그나저나 장영준 선생님이 이상한 소리 하지 않았어? 그거 네거 아니냐고?"

위현수의 말에 뒷목이 싸늘해지는 느낌이었다. 꼭 집어서 이야기하지는 않지만 왠지 그렇게 몰아가려는 느낌이 들긴 했다. 그런데 왜? 내 것이 아닌데 왜 내 것으로 몰아가는 걸까? 시험지가 세진이 것이라는 증거가 없기 때문에 내 거라는 이야기인가? 너무 기가 막혔다.

"걱정 마. 네 거라는 증거도 없으니까. 사실 누구 것이냐가 중요한 게 아니라 어떻게 유출이 되었느냐가 중요한 거지. 그리고 솔직히 그게 네 거였으면 네 성적이 그렇게 나오겠냐?"

안심하라고 하는 소린지 나를 무시해서 하는 말인지는 모르겠지만, 위현수는 세진이 것이라고 확신하는 것 같았다.

"그럼 장영준 선생님이 왜 그러는 거야?"

"김세진 쉴드 치는 거야."

"왜?"

"전교 1등이잖아. 전교 1등이 커닝했다고 해 봐. 그것도 시험지 사전 유출로. 이건 뉴스에 나올 일이야."

아, 그래서 세진이를 보호하려고…… 세진이가 부정행위를 했다면 우리 학교에 엄청난 일이 벌어지는 셈이 된다. 그날 사랑의 집에 있었던 학생은 단 세 명이다. 나, 김세진, 위현수. 위현수가 프린트를 학교에 제출하며 문제를 제기했으니 프린트 주인은 나 아니면 세진이가 된다.

"모든 정황이 김세진을 가리키고 있어. 정말 괘씸해. 남들은 피 나게 공부해서 시험 보는데, 정답 외워서 1등 하고. 이게 단순히 성적 몇 등으로 끝나는 거 아니잖아. 성적이 대학이 되고 대학이 미래가 되고……. 이건 남의 미래를 훔치는 거나 다름없어!"

위현수가 얼굴이 벌게져서 말을 이었다.

"프린트는 전부 촬영해 놨어. 증거물은 확보해야지. 학교도 김세진도 없었던 일로 은근슬쩍 넘어갈 수 없을 걸."

나는 아무 말도 않고 가만히 있었다. 내가 철석같이 믿고 있던 무언가가 와르르 무너지는 것 같았다. 어떻게 이런 일이 있을 수 있을까. 게다가 장영준 선생님이 나를 시험지 유출 범인으로 지목하다니. 정말 기가 막힐 노릇이었다. 하지만 나는 결백하고, 위현수의 말마따나 내가 시험지를 보고 베꼈으면 성적이 그렇게 나올 리도 없었다. 그러니까 걱정할 필요 없을 것이다.

그나저나 세진이는 어떻게 이 프린트를 얻었을까? 시험 기간의 교무실은 마치 결계라도 쳐 놓은 것처럼 학생들이 들어갈 수 없게 막아 둔다. 그런데 어떻게 교무실에서 시험지를 빼돌렸을까? 세진이라면 그런 것도 할 수 있는 건가? 부모가 재력가에다가 영향력 있는 사람이라서?

저녁에는 아빠가 집으로 왔다. 전날 병실에 있는 보호자 침대에서 불편하게 자서 그런지 피곤해 보였다. 아빠는 빨래를 세탁기에 돌리고 샤워를 한 후 다시 옷가지를 챙겨 곧바로 병원으로 갔다. 아빠는 가기 전에 '수민이가 이제 다 컸네'라는 말만 세 번 했다. 그 외에는 딱히 할 말이 없는 것 같았다. 물론 나도 아빠한테 할 말이 없었다. 휴대폰 너머로 들려오는 엄마 목소리는 힘이 없었다.

"수민아, 며칠만 더 있으면 될 것 같아. 너도 시험 끝났다고 놀지만 말고."

"알았어. 근데 엄마……."

학교에서 있었던 일에 대해 이야기하려다가 입을 다물었다. 괜히 걱정만 시킬 것 같았기 때문이다.

"아, 아니야."

"왜? 뭔데 그래?"

"별거 아니야. 끊어."

그때였다. 다차원 단톡방에 알림이 울렸다. 세진인가?

132

"엄마, 애들한테 연락와서 답장해야 해. 끊어."

"아, 알았어. 문단속 꼼꼼하게 하고 자."

전화를 끊고 톡을 확인했다. 톡을 보낸 사람은 한결이었다.

송한결 : 김세진, 어디 아프냐? 학교도 안 나오고 학원도 안 오고.

송한결은 이 상황을 전혀 모르는 것 같았다. 세진이는 답이 없었다. 세진이는 학교뿐만 아니라 학원도 안 가는 모양이었다. 아무래도 학교에서 벌어지는 일을 눈치채고 잠수 탄 것 같았다. 이제야 세진이 손목에 난 상처와 그 애가 내게 했던 말들이 이해되었다. 세진이는 자신이 커닝으로 전교 1등을 하고 있다는 사실이 괴로웠던 것이다.

위현수의 태도로 보아 그냥 넘어가지 않을 것 같았다. 하긴 이렇게 중요한 일을 없었던 일이라고 무마시킬 수는 없다. 이제 어떻게 되는 걸까? 함께 공부한 다차원 멤버끼리 진실 공방을 시작할까? 그렇게 전교 1등이 사라지면 모든 아이들의 성적이 한 계단씩 올라가는 건가. 그럼 해결되는 것인가.

이제 세진이는 어떻게 되는 거지? 나는 이어폰을 찾아 귀에 꽂았다.

"내 말 듣고 있나요? 제 얘기 좀 들어 봐 주세요."

귀를 기울였지만 아무 소리도 들리지 않았다. 갑갑한 마음에 한숨이 절로 나왔다. 그 순간, 낯익은 목소리가 들렸다.

"무슨 한숨을 땅이 꺼지도록 쉬니?"

역시! 이어폰 속 선배는 정말 막막할 때면 나타나 주었기 때문에 이번에도 와 줄 것 같았다. 정말 고마웠다. 눈앞에 있다면 절이라도 하고 싶은 심정이었다.
"심각한 일이 생겼어요. 사실은 저랑 아무 상관없는 일이긴 한데……."

"상관없는데, 왜?"

나는 오늘 학교에서 있었던 일과 기말고사가 끝나던 날 사랑의 집에서 있었던 일을 이야기했다.

"부정행위로 1등을 하려고 하다니, 정말 바보 같네."

"세진이는 정말 모든 걸 갖춘 애거든요. 그래서 저는 정말 이해가 안 돼요."

"겉으로만 봐서는 그 사람 사정을 알 수 없지."

세진이가 아이스크림 가게에서 했던 말들이 떠올랐다. 그리고 손목의 리스트 컷도. 세진이도 그 상황이 괴로웠던 것이다. 마냥 좋아서 한 일은 아니었을 것이다.

"그 애도 힘든 것 같기는 했어요. 그래도 이건 아니죠."

"그 애 옆에 거부할 수 없는 힘이 있었을지도 모르지. 무슨 일이든 가까이에서 보지 않으면 알 수 없는 거야."

거부할 수 없는 힘이라……. 세진이 엄마의 얼굴이 떠올랐다. 엄마와 갈등이 있는 것 같던데 당연히 세진이네 엄마도 지금 벌어지는 일을 알고 있겠지? 다차원 단톡방에 다시 들어갔다. 이제 모두 한결이의 톡을 읽었다. 그러나 아무도 답은 하지 않은 채였다.

"거부할 수 없는 힘이 뭘까요? 부모님? 아니면 1등에 대한 욕심?"

아무 대답이 없었다. 나는 조금 더 기다려 봤지만 이어폰에서는 아무 소리도 들리지 않았다.

"가면 간다고 이야기나 해 주고 가지."

혼자 투덜거렸지만 그래도 고민이 되는 것들을 털어놓으니 답답하던 마음이 조금은 풀리는 것 같았다.

CCTV에 찍힌 얼굴

"다들 방학 잘 보내고, 고수민은 집에 가지 말고 나 좀 따라와라."

1학기 종업식을 마친 후 담임선생님이 나를 불렀다. 어제 그 일 때문인 것 같았다. 위현수가 나를 쳐다봤다. 이내 못마땅하다는 표정을 지으며 입 모양으로 내게 뭐라고 말했지만 무슨 말을 하는지는 알 수 없었다.

이미 학교에 소문이 퍼진 것 같았다. 시험지 유출이라는 중대 사건이 있었고 그 일의 주인공이 세진이라는 것까지 알려진 듯했다. 왠지 위현수 부모님이 퍼뜨렸을 거라는 생각이 들었다. 세진이는 오늘도 학교에 오지 않았다. 지금쯤이면 그 애도 학교에서 어떤 일이 벌어지고 있는지 알고 있겠지? 그런데도 학교에 나타나지 않았다는 것은 정말 강심장이거나 위현수의 말대로 학교에서 세진이를 감싸주고 있는 것이거나 둘 중 하나다.

상담실로 가는 동안 담임선생님은 아무 말도 하지 않았다. 무언가를 곰곰이 생각하는 기색이었다. 반 아이들이 이런 일에 연루되어 골치 아픈 것이 분명했다.

잠시 상담실에 앉아서 기다리자 장영준 선생님이 급하게 걸어들어왔다. 얼굴이 벌겋게 상기된 것이 흥분한 상태인 듯했다. 그는 상담실 문이 잘 닫혔는지 확인한 후 테이블에 앉았다. 담임선생님이 걱정스러운 얼굴로 물었다.

"선생님, 현수 부모님이 오셨다고 하던데……."

"네, 금방 가셨어요. 어찌나 강경하게 나오시는지."

장영준 선생님이 진저리를 치는 시늉을 하면서 나를 슬쩍 쳐다봤다. 왠지 눈빛이 마음에 걸렸다. 나는 아무런 잘못이 없는데 왜 자꾸 저런 눈빛으로 보는 걸까. 그 의미를 정확히 알 수는 없었지만 한 가지는 분명했다.

'저 사람은 내 편이 아니다!'

어제 받았던 느낌이 틀리지 않았다. 장영준 선생님이 자신의 휴대폰을 꺼내며 말했다.

"수민아, 네가 솔직히 이야기하면 최대한 조용히 넘어갈 거야. 이 문제를 크게 확대시켜 봤자 좋을 게 없으니까."

왜 이러는 거지? 무슨 얘기를 하려는 걸까. 솔직하게 이야기하라니, 정말로 나한테 뒤집어씌우려는 건가. 뭐라고 말을 해야 하는데 무슨 말로 시작해야 할지 모르겠어서 당황스러웠다. 그때 담임선생님이 먼저 물었다.

"CCTV 영상을 찾으셨다구요?"

"네. 이걸 보여 드렸더니 현수 부모님들도 한풀 꺾이셨어요."

"좀 볼 수 있습니까?"

"물론 보셔야죠. 보시라고 부른 건데요."

갑작스레 CCTV 영상이라니 무슨 이야기들을 하는 거지? 나는 영문을 모른 채로 두 사람이 하는 이야기를 들었다. 장영준 선생님이 자신의 휴대폰에서 동영상을 찾아 재생시켰다. 화면 속의 장소는 교무실 복도였다. 학교에 CCTV가 있는 장소가 몇 군데 있는데 그중 한 곳이 교무실 복도였다. 화질이 약간 흐릿했지만 그래도 웬만한 것은 식별이 가능해 보였다. 화면의 왼쪽이 교무실 벽이고 오른쪽은 창문이 있는 벽이었다. 아래쪽에 날짜가 찍혀 있었다. 6월 24일 오후 4시 15분. 복도 반대편에서 누군가 걸어오고 있었다. 멀어서 자세히 보이지는 않지만 여학생이었다. 이게 뭔데 보라는 거지?

"이날은 기말고사 일주일 전이라 학생들의 교무실과 복도 출입이 통제되던 때입니다. 이날 딱 한 명의 학생이 CCTV에 찍혔습니다."

선생님의 말을 들으며 나와 담임은 숨을 죽인 채 그 영상을 지켜보았다. 화면 속에서 여학생은 왼쪽에 있는 문 앞에 잠시 멈추더니 그 안으로 들어갔다. 잠시 후 문에서 나와 CCTV가 달려 있는 쪽을 향해 걸어왔다. 가슴에 종이뭉치 같은 것을 안고 있었는데, 팔에 가려서 무엇인지는 정확하게 보이지 않았다. 그 여학생이 카메라 쪽으로 점점 가까이 오면서 얼굴이 보였다. 화면 속의 여학생은 바로 나였다! 나는 가슴에 무언가를 소중히 안고 교무실 복도를 걸어 CCTV 앞을 지나쳐 갔다.

나는 숨이 멎을 것처럼 놀랐다. 그제야 그날의 기억이 떠올랐다. 교무실 옆에 있는 방송실에 몰래 들어가 방송부 책자를 가지고 온 날이었다. 그 모습이 이렇게 찍혔을 줄은 꿈에도 몰랐다. 나는 교무실 출입문 바로 옆 방송실 문을 열고 들어갔던 건데, CCTV가 있는 곳과 방송실이 거리가 있다 보니 마치 화면상으로는 교무실에서 나온 것처럼 보였다. 담임선생님과 장영준 선생님이 동시에 나를 쳐다봤다. 담임선생님은 놀란 표정이었고 장영준 선생님은 입가에 보일락 말락 미소가 어리는 것이 의기양양한 표정이었다.

"수민아, 어떻게 된 거니?"

담임선생님의 목소리가 미세하게 떨렸다.

"아, 아니에요. 전 교무실에 간 적 없어요."

내가 부인하자 장영준 선생님이 팔짱을 끼며 길게 한숨을 내쉬었다.

"그럼 이건 어떻게 찍힌 거야? 여기 떡하니 네가 교무실에서 프린트를 가지고 나오잖아."

이럴 수가! 저걸 프린트라고 보다니. 당황해서 말이 안 나올 정도였다.

"저, 저거 프린트 아니에요."

"그럼 뭔데? 게다가 시험 때는 교무실 복도 출입 안 되는 거 알고 있잖아. 그런데 왜 간 거야?"

"교무실에 간 거 아니에요. 방송실에……."

나는 말끝을 흐렸다. 방송실에 갔다는 사실은 나만의 비밀이었어서 쉽게 내뱉을 수 없었다. 그 일이 이렇게 커질 줄이야. 정말 상상도 못 한 상황이었다. 너무 놀라 말도 제대로 나오지 않고 온몸이 덜덜 떨리기만 했다. 담임선생님이 아무 말도 하지 않고 가만히 있다가 입을 열었다.

"선생님, 저랑 수민이랑 둘이 이야기 좀 할게요."

장영준 선생님은 못마땅한 표정을 지었지만 어쩔 수 없다는 듯이 상담실 밖으로 나갔다.

"수민아, 사실대로 얘기해 줄래? CCTV로 증거가 남았기 때문에 그냥 넘어갈 수 있는 일이 아니야. 선생님이 최대한 도울게. 선처받을 수 있도록……."

선처라니, 잘못한 게 없는데 선처라니! 너무 기가 막혔다.

"선생님, 저 아니에요. 맹세코 교무실에 간 적 없어요. 그리고 저건 프린트도 아니란 말이에요."

"하지만 네가 교무실에서 나오는 게 찍혔잖아."

"교무실 아니에요. 방송실이에요."

"방송실? 이건 교무실 복도 CCTV 화면인데?"

"바로 옆이 방송실 문이잖아요. 화면에서는 잘 안 보이지만."

담임선생님이 잠시 생각하는 듯이 허공을 쳐다보다가 고개를 끄덕였다.

"아, 그렇구나. 방송실이 교무실 옆이었지."

"좋아. 네 말대로 방송실 갔다 치고, 그럼 방송실에는 왜 간 거야?"

뭐라고 말해야 할지 모르겠다. 사실대로 이야기하자니 한결이나 방송부 선배들이 알게 되면 창피해서 학교를 다닐 수 없을 것 같았다. 아, 어떡해야 하나.

"그, 그냥 한번 가 보고 싶어서 간 거예요."

선생님이 믿지 못하겠다는 표정으로 나를 쳐다봤다.

"그게 무슨 말이야? 한번 가 보고 싶어서 가다니. 시험 때라 교무실 복도가 출입 금지인 상황에서 한번 가 보고 싶었다는 게 말이 되니? 솔직히 말해 줘."

어두컴컴한 구덩이로 미끄러지는 기분이었다. 담임선생님은 나를 믿지 않고, 장영준 선생님은 어떻게든 나를 범인으로 몰아가려고 하는 것도 모자라 오히려 증거물을 찾아서 좋아하는 것처럼 보였다. 왜? 세진이가 범인이 아니어서? 학교의 전교 1등을 지킬 수 있어서? 그러면 학교의 명예도 지킬 수 있으니까?

"수민아, 아무래도 어머니께 말씀드려야겠다. 너 혼자서 해결할 문제가 아니야."

담임선생님의 말에 나도 모르게 몸을 움찔했다. 엄마는 아직 입원 중이다. 이런 말도 안 되는 일로 걱정시키고 싶지 않았다. 담임이 서둘러 휴대폰을 꺼내 엄마 전화번호를 찾기 시작했다.

"선생님!"

선생님이 전화하려던 것을 멈추고 나를 바라봤다.

"엄마, 지금 아파서 입원 중이세요."

선생님이 휴대폰을 내려놓았다. 그때 노크 소리가 들렸다. 장영준 선생님이 문을 빠끔 열더니 안으로 들어왔다.

"선생님, 이 문제는 우리 선에서 조용히 끝내야 해요. 아이들 장래가 달린 문제인데 크게 키워서 좋을 게 하나도 없습니다. 교장선생님께도 차후에 간단히 보고만 드리는 것으로 하지요."

"그건 안 되죠. 정확한 사실관계를 확인해야 하지 않겠습니까?"

담임선생님의 말에 장영준 선생님이 목소리를 낮췄다.

"확실한 증거가 있는데 더 정확한 사실관계가 뭐가 있겠습니까?"

증거. 그 말을 듣는 순간 온몸에 소름이 확 끼쳤다.

"수민이는 교무실에 간 적이 없답니다. 교무실 옆에 있는 방송실에 갔던 거래요."

담임선생님이 이야기하자 장영준 선생님이 얼굴을 찡그렸다.

"방송실? 말도 안 돼요. 분명히 교무실에서 나오던데……."

"아니에요. 교무실 문 바로 옆에 방송실 문이 있어요. CCTV에서는 멀어서 식별이 어렵지만……."

담임선생님의 말에 장영준 선생님의 표정이 급격히 굳었다.

"에이, 말도 안 돼요. 방송실이라니. 수민이 너 방송부니?"

"아니요."

"방송실은 방송부 아니면 못 들어갈 텐데?"

선생님의 말에 나는 입이 붙어 버린 것만 같았다. 차마 30년 전 화재 사건을 알아보려고 방송실에 몰래 들어갔다는 말이 안 나왔다. 그날 방송실에서 책자를 가지고 나온 일은 내게 일생일대의 비밀이나 마찬가지였다. 내가 몰래 들어갔다는 사실을 아이들이 알면 뭐라고 수군댈지 모른다. 한결이가 구역질 난다는 얼굴로 나를 쳐다볼 것만 같았다. 게다가 방송실 비밀번호를 다른 사람에게 알려 준 한결이도 입장이 난처해질 것이다.

하지만 그 사실을 숨기고 말을 하지 않으면 나는 꼼짝없이 시험지 유출 범인으로 몰리게 된다. 어느 쪽이든 나는 뻔뻔하고 이상한 애가 되어 버리는 것이다. 덫에 꼼짝없이 걸린 느낌이었다.

"수민이 말도 일리가 있습니다. 그러니까 정확하게 확인해 봐야 합니다."

담임선생님이 이야기하자 장영준 선생님이 고개를 갸우뚱하며 말했다.

"이거 뭐 살인범 잡는 것도 아닌데 전문 업체에 맡겨서 알아볼 수도 없고. 혹시 네가 방송실에 갔다는 증거나 증인 있니?"

나는 고개를 가로저었다. 증거나 증인이 있을 리 없다. 설령 있다 해도 나는 말하고 싶지 않았다.

내 결백을 입증하지 못하면 나는 어떻게 되는 걸까? 선생님 말처럼 위현수와 그 애 부모님만 설득시키면 시험지 유출 사건이 없던 일처럼 넘어갈 수 있을까? 그냥 내가 한 거라고 하고 방송실에 갔던 사실을 덮어 둔다면 위현수 부모님이 "세진이는 아니었군요. 우리 현수보다 못 하는 친구니까 괜찮습니다" 하고 조용히 넘어가 줄까? 생각을 거듭할수록 입이 바짝바짝 탔다.

담임선생님이 아무 말도 하지 않고 있자 장영준 선생님이 다시 물었다.

"그럼 어떻게 하시게요? 저는 이 일을 조용히 처리해서 아이들한테 상처 주지 않으려는 거예요. 셋 다 선생님 반 아이들이잖아요? 우리가 현명하게 대처해야죠. 잘못하면 엄청난……."

선생님의 목소리가 떨리고 있었다. 선생님 역시 당혹스럽고 힘들어 하는 빛이 역력했다. 그의 눈빛이 내게 말하고 있었다.

'너는 어차피 아무것도 잃을 것이 없는 아이잖니. 네가 인정하고 반성하면 조용히 넘어갈게. 너도 무사히 학교 졸업하고 대학 들어가야 하잖니?'

장영준 선생님은 나한테 모든 걸 뒤집어씌우려는 기세였다. 화가 치밀었다. 온몸이 부르르 떨렸다. 결국 참고 있던 눈물이 터지고 말았다. 속상한 것은 참아도 모욕은 참을 수 없었다.

"선생님, 왜 저한테 뒤집어씌우려고 그러세요?"

내가 소리치자 장영준 선생님이 찔끔 놀랐다.

"아니에요. 저 아니에요. 절대 아니라고요!"

내가 울면서 소리치자 두 선생님이 난감한 표정을 지었다. 담임 선생님이 먼저 입을 열었다.

"선생님, 세진이를 불러야겠습니다. 수민이만 의심할 게 아니라 찬찬히 처음부터 되짚어 봐야겠어요."

"세진이는 아무 상관이 없어요. 그냥 현수가 지레짐작하는 걸 현수 부모님이 우기시는 거예요. 세진이 것이라는 정황이 하나도 없지 않습니까?"

"애들 말로는 세진이 가방에서 시험지가 나온 것 같다고 하잖아요."

"아이고, 직접 본 것도 아니고 세진이 것이라는 단서가 있는 것도 아니잖아요. 막말로 수민이가 세진이에게 뒤집어씌우는 걸 수도……."

장영준 선생님이 말을 멈췄다. 혼란스러운 상황이었지만 그것만은 분명하게 느낄 수 있었다. 세진이가 의심받지 않도록 선생님이 무진 애를 쓰고 있다는 사실. 참고 있던 울분이 목구멍을 타고 올라왔다.

"누가 누구한테 뒤집어씌워요?"

내가 누명을 쓰게 된 이유를 명확히 알 것 같았다. 장영준 선생님은 세진이를 감싸고 있는 것이다. 학교에서 세진이를 보호하기 위해서 나한테 뒤집어씌우려고 하는 것이다.

"아니야. 수민아, 조사하는 과정이야. 아직 아무것도 단정 지을 건 없어. 이제 가 봐라. 네 입장은 충분히 확인했으니."

담임선생님이 힘이 빠진 목소리로 말했다. 상담실을 나와 문을 닫는데 문 너머로 장영준 선생님의 목소리가 들렸다. 흥분하고 격앙된 목소리가 문밖까지 흘러나왔다.

"지금 현수 부모님이 문제라니까요. 그분들만 문제 제기 안 하면 일 크게 안 키우고 넘어갈 수 있어요."

내가 범인이어야 위현수 부모님이 가만히 있을 거라는 얘기다. 세진이가 범인이면 일이 복잡해진다. 그러니 학교 입장에서는 당연히 내가 범인이기를 바라는 것이다.

교실 옆 복도에서 위현수가 초조한 표정으로 기다리고 있었다.

"어떻게 된 거야? CCTV에 찍혔다며?"

위현수도 이미 부모님으로부터 내 상황에 대한 이야기를 들은 모양이었다. 세진이로 확신하고 있었는데 내가 교무실에 들어가는 모습이 찍힌 영상이 있다고 하니 놀랐을 것이다.

"찍힌 건 사실이야. 근데 교무실에 간 게 아니라……."

나는 말을 멈췄다. 방송실에 갔던 사실을 이야기하고 싶지 않왔다.

"교무실에 안 갔고 당연히 프린트 자료 같은 거 가져온 적도 없어."

"그런데 왜 하필 네가 찍혔냐고?"

위현수가 불만이 가득한 얼굴로 말했다.

"그 앞을 그냥 지나간 거야."

"프린트를 들고 있었다며?"

"아니야. 프린트가 아니라 방송부 책자야!"

"방송부 책자? 너 방송실 갔어?"

위현수가 되물었다. 아차 싶었다. 나도 모르게 말해 버린 것이다.

"그래. 그거 가지고 나온 거라고."

대충 얼버무리는데 내 뒤에서 또다른 누군가가 그 단어를 놓치지 않고 되물었다.

"방송부 책자라고?"

한결이가 교실 뒷문을 열고 복도로 나오고 있었다. 모두가 집에 간 줄 알았는데, 아직까지 안 가고 남아 있었던 모양이다. 한결이가 눈을 동그랗게 뜨고 내게 물었다.

"그게 무슨 말이야? 너 그날 방송실에 갔었어?"

"아, 그, 그게……."

당황해서 말이 안 나왔다.

"고수민, 너 이상하다. 왜 그렇게 방송실에 자꾸 가고 싶어 하는 거야?"

한결이가 재차 물었다. 위현수가 그제야 의문이 풀린다는 표정으로 말했다.

"아, 교무실 옆이 방송실이지? 방송실 갔다가 CCTV에 찍힌 거야?"

갑자기 얼굴에 뜨거운 기운이 확 올라오는 것 같았다.

"방송실에 어떻게 들어갔어? 잠겨 있었을 텐데."

한결이는 거의 취조하는 듯한 눈빛으로 나를 바라보았다. 이러다가는 꼼짝없이 모든 것을 이야기해야 할 것 같았다. 나는 한결이의 말을 무시하고 급히 내 자리로 가서 가방을 챙겨 나왔다.

"고수민! 어디 가?"

못 들은 척하고 달리다시피 복도를 빠져나왔다. 마치 한결이가 쫓아오기라도 하는 것처럼 단숨에 학교를 벗어나 버스정류장까지 달려갔다. 버스에 올라타고 나서야 한숨 돌릴 수 있었다. 나쁜 일은 한꺼번에 찾아온다더니. 담임선생님과 장영준 선생님이 보여 준 CCTV 화면에 내가 나오는 바람에 식겁한 것도 모자라, 한결이까지 방송실에 어떻게 들어갔냐고 나를 다그쳤다. 내가 몰래 방송실에 들어갔다는 사실을 알게 된 한결이는 얼마나 황당할까. 한숨이 절로 나왔다. 어떻게 일이 이렇게 돌아갈까.

"또, 또 한숨 쉰다."

깜짝 놀라서 귀를 만졌다. 이어폰에서 나는 소리였다. 버스에 타면 습관적으로 이어폰을 끼는데, 무의식 중에 찾아서 낀 채로 생각에 빠져 버린 모양이다. 놀란 마음도 잠시 지금 이 순간 어쨌든 반가웠다.

"아, 일이 복잡하게 돌아가고 있어요. 어떡하죠?"

"방법이 있겠지. 잘 찾아봐."

"방법이 없으니까 이러죠. 그날 괜히 방송실에 갔어요. 저는 왜 이렇게 바보 같은 짓만 할까요?"

후회가 되었다. 그리고 정말 나 자신이 바보 같았다. 아니 바보였다. 나름 용기 내서 했던 일인데 이렇게 어처구니없는 상황을 초래하다니.

"바보 같은 짓 한 거 아니야. 너를 의심하는 사람들이 바보 같은 거지. 너무 걱정하지마. 분명 도와줄 사람이 있을 거야."

"저를 도와줄 사람이 있었으면 벌써 찾아갔겠죠. 저는 도와줄 사람도 도와주려는 사람도 없어요. 그러니 더 답답한 거죠."

"네가 사람들 생각을 모두 아는 것은 아니잖아. 선입견 가지지 말고 생각해 봐. 있을 거야. 그리고 네가 부정행위한 거 아니니까 밀고 나가. 나는 결백하다고!"

공자님 말씀 같은 말만 남기고 이어폰 속의 목소리는 사라졌다. 누가 이 상황에서 나 같은 애를 도와주고 싶을까. 나는 이제 어떻게 될까? 부정행위 누명을 쓰지 않더라도 이제 학교에 다시 갈 수 없을 것만 같았다. 아니, 더 이상 다니고 싶지 않았다.

내가 증언할까?

"수민아, 학교에서 무슨 일 있었다며?"

집에 온 후 눈 좀 붙이려고 소파에 눕자마자 전화가 왔다. 엄마였다. 휴대폰으로 목소리만 듣는 데도 엄마의 근심 가득한 표정이 보이는 것 같았다.

"아, 별일 아냐."

엄마한테 이야기하지 말아 달라고 했는데도 결국 선생님이 연락을 한 모양이었다. 하긴 이런 상황에서 연락하지 않을 수도 없었을 것이다.

"선생님이 부정행위 어쩌고 하시던데 무슨 말이야?"

"나랑은 상관없는 일이야."

"상관없는 일인데 전화하셨겠어?"

"난 결백하니까 아무 문제없어."

조금 전에 이어폰 속의 선배가 했던 말이 떠올랐다. 이렇게 금방 엄마한테 말하게 될 줄은 몰랐지만.

"세상이란 게, 내가 아무리 결백해도 이렇게 저렇게 엮어서 뒤집어씌우는 곳이잖아. 학교라고 그런 일이 절대 일어나지 않는다는 보장이 있니?"

"걱정 안 해도 된다니까! 엄마 몸 챙겨."

엄마는 오늘로 엿새째 입원 중이었다. 내일이면 퇴원이 가능하다고 했다. 다행히 푹 쉬니까 예후가 좋은 모양이었다. 나는 편한 옷을 챙겨 병원으로 향했다. 아빠 대신 내가 오늘 엄마와 함께 있기로 했다. 엄마는 올 필요 없다고 했지만 그래도 방학이니까 하루쯤은 병상을 지키고 싶어 고집을 부렸다.

아빠는 이번에도 '수민이가 다 컸네. 엄마 곁도 지키고'라는 말만 했다. 아빠가 집으로 향한 뒤, 학교에서 일어난 일을 엄마에게 이야기했다. 정말 오랜만에 엄마에게 빼고 덧붙임 없이 알고 있는 모든 것을 털어놓는 건데 그 이야기가 즐거운 이야기가 아니라서 미안한 마음이 들었다. 엄마의 표정이 어두웠다. 내가 엄마를 실망시킨 걸까?

엄마가 손을 내밀어 내 손을 잡았다. 아주 오랜만에 엄마 손을 잡는 것 같았다. 엄마나 나나 무덤덤한 성격이라 내가 고등학생이 되고 나서 손을 잡거나 팔짱을 끼는 일이 별로 없었다.

"네가 결백하니까 걱정할 필요 없어. 그리고 여기 네 편이 있잖

아. 엄마한테 가장 큰 믿음은 너야.”

내 손을 감싼 엄마의 손이 따뜻하고 아늑했다.

밤이 깊어 병실 불을 끄고 보호자 침상에 누웠다. 평소처럼 음악을 들으면서 자려고 이어폰을 귀에 꽂았다. 대개는 잠이 몰려와 처음으로 듣는 노래의 1절도 못 듣고 잠이 들 때가 많다. 하지만 오늘은 플레이리스트에 있는 노래를 아홉 곡 넘게 들었는데도 잠이 오지 않았다. 엄마한테는 괜찮다고 했지만 사실은 엄청 무섭고 불안했다. 내가 아무리 결백해도 세상은 사실 그대로를 믿어주지 않을 것 같았다. 그때 갑자기 다차원 단톡방 알림이 울렸다.

위현수: 김세진, 너 우리한테 할 말 없냐?

위현수였다. 위현수의 말이 며칠째 침묵을 지키고 있는 세진에게 보내는 경고처럼 들렸다.

위현수: 친구가 대신 누명 쓰게 생긴 거 모르고 있어?

위현수가 보낸 톡을 보는데 씁쓸했다. 내 상황이 짜증 났고 세진이도 원망스러웠다. 그러나 세진이는 여전히 묵묵부답이었다.

다음 날 엄마가 퇴원을 하고 집으로 돌아가는 길에 학교로 오라는 담임선생님의 연락을 받았다. 내 방 책꽂이에 꽂혀 있는 방송부 책자를 보며 잠시 망설였다. 하지만 다른 방법은 없었다.

'사실대로 말하는 수밖에 없어. 어차피 한결이도 알게 되었으니 더는 숨길 것도 없어.'

차라리 잘 되었다는 생각이 들었다. 한결이에게 창피하지만 그냥 털어놓는 수밖에 없었다. 나는 방송부 책자를 가방에 넣었다. 이 책자가 나의 알리바이가 되어 줄 것이다. 더 이상 나와 관련 없는 일로 의심받기 싫었다.

학교는 쥐 죽은 듯 고요했다. 일주일 후에 방학 보충수업이 시작되면 다시 시끄러워지겠지만 지금은 절간처럼 조용했다. 상담실 테이블에는 종이 한 장이 놓여 있었다. 담임선생님은 내 인사를 받는 둥 마는 둥 종이만 만지작거렸다. 옆에 앉은 장영준 선생님은 팔짱을 낀 채 못마땅한 얼굴로 나를 꼬나보았다. 나는 가지고 온 책자를 테이블에 내려놓았다.

"그날 방송실에서 가져온 거예요."

담임선생님이 책자를 집어 들고 스르륵 페이지를 넘기며 물었다.

"방송부의 어제와 오늘? 왜 이 책이 필요했던 거야?"

나는 미리 준비한 대로 이야기하기 시작했다.

"학기 초에 어떤 이야기를 들었어요. 오래전에 방송제를 준비하다 방송실에 불이 났는데 친구 하나가 빠져나오질 못한 거예

154

요. 그래서 남겨진 친구를 구하러 갔다가 다른 친구들까지 목숨을 잃었다고 하더라고요. 자세히 알고 싶어서 책을 찾아본 거예요."

"아, 그 이야기. 나도 들은 적 있지."

담임선생님은 거의 이십 년째 우리 학교에서 교편을 잡고 있으니 여러가지 이야기를 들었을 것이다.

"여기 처음 부임했을 때 들은 이야기인데, 그게 아직도 학생들 사이에 전해지고 있나 보네."

선생님이 책자를 넘기며 말했다.

"그 이야기와 관련된 내용이 이 책에 있어?"

나는 기사가 실려 있는 페이지를 펴서 담임에게 내밀었다. 담임 선생님은 유심히 책을 들여다보았지만, 장영준 선생님은 그런 이야기에는 관심 없다는 표정이었다.

"기사 내용이 너무 간략하네. 그래서 뭐 좀 알아낸 건 있니? 뭘 알아보려고 한 건데?"

"아뇨. 그 선배들이 누군지 알고 싶었는데, 거기에 그런 정보는 없었어요."

장영준 선생님이 날 선 목소리로 끼어들었다.

"자자, 옛날이야기는 그만들 하시고. 지금 그게 문제가 아니잖아요. 수민아, 네가 복도 출입이 통제된 시험 기간에 이걸 가지러 갔다는 건 누구라도 납득하기 어려워. 그리고 이걸 방송실에서 가져왔다는 증거가 있어야지. 방송실은 방송부원 외에는 출입이 불

가능해. 방송이 없을 때는 자물쇠로 잠가 놓거든. 시험 기간 일주
일 전부터 방송부 활동은 쉬니까 당연히 잠겨 있었겠지.”

장영준 선생님의 말을 들은 담임선생님의 표정이 다시 굳었다.

“그래. 네 말대로라면 방송실 자물쇠는 어떻게 따고 들어간 거
야?”

기다리고 있던 질문이었다. 나는 마음먹은 대로 말했다.

“말하고 싶지 않아요.”

내 대답을 들은 두 사람의 눈이 동그래졌다.

“그게 무슨 말이야? 수민아, 방송실에 간 걸 증명해야 네가 결
백하다는 걸 알지.”

담임선생님이 안타깝다는 표정으로 말했다. 하지만 나는 입을
꾹 다물고 아무 말도 하지 않았다. 내가 사실대로 말을 하면 한결
이가 곤란해질 것이다.

“수민아, 거짓말하면 안 돼. 그러면 선생님들 업무를 방해한 것
까지 가중 처벌을 받을지도 몰라.”

장영준 선생님이 걱정하는 척 이야기하면서 겁을 줬다. 담임선
생님이 한숨을 푹 내쉬며 테이블 위에 있는 종이를 내게 내밀었
다. 그 종이에는 ‘경위서’라고 쓰여 있었다.

“그날 네가 한 일을 있는 그대로 써. CCTV에 찍힌 날 말이야.
거기에 왜 갔고 뭘 했는지. 사실대로 전부 쓰면 돼.”

경위서에 내 이름을 적으니 기분이 이상했다. 부당한 일로 취

조를 당하는 것이 이런 기분일까. 억울하고 화가 나면서도 한편으로 두려운……. 나는 그날 있었던 일을 차례대로 써 내려갔다. 물론 방송실 자물쇠 비밀번호를 어떻게 알았는지는 쓰지 않았다.

경위서를 선생님에게 제출하고 학교 중앙 현관을 나서는데 차한 대가 운동장으로 들어오는 것이 보였다. 세진이 엄마의 차였다. 아줌마는 차에서 내려 종종걸음으로 왼쪽 현관으로 들어갔다. 그 모습을 보자 나도 모르게 몸을 움츠렸다. 그러다가 얼른 고개를 들었다.

'잘못한 게 없는 내가 왜 눈치를 봐? 고수민, 이건 아니야. 아니라고!'

하지만 아줌마는 왜 온 거지? 혹시 다 한통속인 것 아닐까? 세진이는 왜 아무런 이야기도 하지 않는 걸까?

'세진아, 왜 가만히 있니? 이렇게 나한테 누명을 씌우려는 거야?'

잠시나마 그 애를 이해하고 그 애 편이 되어 주려고 했던 내 자신이 한심했다.

학교 측은 내가 적은 경위서, 위현수의 진술, 증거물로 제출된 프린트 자료와 CCTV 영상 등을 토대로 진상조사위원회를 소집할 예정이라고 했다. 담임선생님의 말이 귀에서 울리는 것 같았다.

'그래. 네 말대로라면 방송실 자물쇠를 어떻게 따고 들어간 거야?'

오후 내내 그 말이 머릿속에서 떠나가지 않았다. 하지만 나를 위해서 한결이를 곤란하게 할 수는 없었다. 어차피 이런 비리로 가득찬 학교 더 이상 다니기 싫은 참이었다. 그래, 학교 어차피 안 다닐 건데 누명 좀 쓰면 어때? 내가 아니면 되지. 그래, 그만두면 돼. 이따위 학교!

　방 안에 틀어박혀 머리를 싸 안고 있는데 저녁 즈음 우리 반 톡방 알림이 울리기 시작했다. CCTV 영상에 대한 소문이 퍼지기 시작한 것이다. 학교는 쉬쉬했다고 해도, 학부모 커뮤니티에서 이야기가 나오기 시작하면 소문은 빛보다 빠르게 퍼지기 마련이다. 부모에게 이 소식을 들은 아이들이 톡방에 상황 설명을 하자 모르던 아이들까지 모두 알게 되었다. 이대로라면 아마도 오늘 밤 안에 우리 학년 대부분이 알게 될 것이다.

　이미 많은 아이들이 세진이와 위현수, 내가 이 소문의 등장인물이라는 것을 알고 있는 눈치였다. 나는 아무 말도 못 하고 아이들이 쏟아 내는 이야기를 가만히 보기만 했다. 아이들의 대화 속에서 시험지 유출, 전교 1등, CCTV, 방송실이라는 단어가 팝콘처럼 튀어 오르고 있었다.

　고수민이 시험지 훔쳤다며?

　무슨 소리야? 김세진이라던데?

　김세진은 공부 잘하는데 뭐하러 시험지를 훔쳐? 공부 못 하는 애가 훔

쳤겠지.

고수민이 간 곳은 교무실이 아니라 방송실이라던데?

고수민이 직접 어떻게 된 일인지 이야기해야 하는 거 아니야?

내 이름과 방송실이 언급되고 있는 것을 보니 가슴이 덜컥 내려앉는 것 같았다. 모든 것이 다 까발려지고 있었다. 한 학기를 정말 겨우겨우 버텼는데, 다 부질없는 짓이었다.

'그래, 자퇴하자. 학교랑은 이제 끝이야. 만약 한결이가 곤란해진다면 정식으로 사과하자. 내 잘못이라고.'

더 이상 버틸 힘이 없었다. 지난 5개월 동안 학교에 다니기 싫다는 생각이 들 때마다 무진장 노력했다. 우선 엄마를 실망시키기 싫었고, 나 또한 불투명한 미래에 뛰어들 자신이 없었다. 졸업은 해야 한다는 생각으로 괴롭힘도 외로움도 꾸역꾸역 참았다. 하지만 눈덩이처럼 불어나는 소문 앞에서는 노력도 아무 소용없었다.

침대 옆에 웅크리고 앉아 멍하니 있었다. 이제는 이 상황을 빠져나가기 위해 무언가를 해야겠다는 의지도, 계획도 생기지 않았다. 그냥 다른 사람들이 하라는 대로, 그들이 심판하는 대로 내버려 두고 싶어졌다. 그들이 없는 다른 세계로 건너가고 싶을 뿐이었다.

그때였다. 대충 침대 밑에 던져 두었던 이어폰에서 소리가 났다.

"고수민!"

나는 재빨리 이어폰을 찾아 귀에 꽂았다.
"여기 있어요!"

"그래, 잘 있니?"

갑자기 말을 걸어 놓고 잘 있냐니. 너무나 어울리지 않는 말이었지만 고르고 골라 한 말 같아서 슬며시 웃음이 났다. 하지만 이내 웃음을 삼켰다. 나는 잘 있지 못하는 걸 깨달았기 때문이다.
"별로 잘 있지 못해요."

"왜 또?"

"모든 게 엉망이에요."

"그 일 때문에?"

"네. 일이 왜 이렇게 흘러가는지 모르겠어요. 저한테는 왜 이렇게 안 좋은 일만 일어날까요? 아니, 저는 왜 제대로 하는 일이 하나도 없을까요? 제가 아무리 부정하려고 해도 전 제대로 하는 게 하나도 없어요. 정말 바보 같아요."

"너도 잘하는 게 있잖아."

"제가 뭘 잘해요? 전 잘하는 게 없어요."

"아니야. 있을 거야. 잘 생각해 봐."

"잘 듣는 거?"

"아, 그렇지. 너는 남들이 듣지 못하는 소리를 들을 수 있었지. 거봐. 네가 잘 듣지 못했다면 내 목소리도 못 들었을 걸?"

설마, 그럴 리가. 말도 안 된다고 생각하려다가 어찌 되었든 소리를 잘 들을 수 있어서 다행이라는 생각이 들었다. 조금 더 생각하다 보니 또 한 가지 잘하는 일이 떠올랐다. 좋은 음악을 골라 주는 일. 아니 그건 잘하는 일이라기는 보다는 자신 있는 일이라고 하는 것이 맞겠다.

"잘하는 일은 아니지만 자신 있는 일이 있어요."

"뭔데?"

"음악 선곡해서 플레이리스트 만드는 거요."

"그럼 해 봐. 혼자서만 듣지 말고 다른 사람도 들을 수 있게 만드는 거야."

"음악 채널 같은 거요?"

나는 종종 다른 사람들이 만든 음악 채널을 구경하면서 나도 이런 걸 만들어 보고 싶다는 생각을 한 적이 있다. 물론 인기 있는 채널이 되기는 힘들겠지만, 그냥 만드는 것에 의의를 둔다면 실망할 것도 없을 것 같았다.

"그래. 그런 것도 좋겠다. 그렇게 만들어 놓으면 누구나 듣고 싶을 때 네가 고른 음악을 들을 수 있잖아. 좋아하는 노래도 시간이 지나면 제목도 가수도 잊어버리게 되니까 누군가 대신 기억했다가 나중에라도 다시 들려주면 사람들은 좋아하겠지. 너도 한 번 만들어 보지 그래. 고등학생이라고 못 하라는 법 있나? 얼마든지 할 수 있지."

음악 채널을 자주 듣기는 하지만 내가 해 볼 생각은 하지 못했었는데…….

"몇 사람이 듣든 자신만의 색깔이 있는 목록을 만드는 것 자체로도 충분히 멋지고 말이야."

음악 채널을 만들고 내가 함께 듣고 싶고 들려주고 싶은 노래를 모아서 올려놓는다고 생각해 보니 괜찮은 것 같았다.
"할 수 있을 것 같아요."

"네가 즐겁게 한 일이 다른 사람에게도 도움이 된다면 정말 멋진 일이지."

희망적인 이야기를 나누다 보니까 기분이 조금 나아졌다. 그때 전화가 왔다. 발신자 이름을 살피다가 내 눈을 의심했다. 화면에 떠 있는 이름은 한결이었다. 통화 버튼을 누르자 한결이의 목소리가 튀어나왔다.
"고수민?"
"응. 무슨 일이야?"
"현수한테 들었어. 뭐 이런 개 같은 경우가 다 있냐?"
한결이가 무슨 이야기를 할지 조마조마했다.
"넌 방송실에 간 건데 교무실에 간 거라고 장영준 선생님이 우긴다며?"
한결이가 단도직입적으로 묻는 바람에 당황했다. 이걸 캐물으려고 전화한 건가?

"어? 어, 그게⋯⋯."

대답을 못 하고 머뭇거리는데 한결이의 목소리가 들렸다.

"내가 증언할까?"

"뭐?"

전혀 예상하지 못했던 이야기에 할 말을 잃고 말았다. 한결이
가 아랑곳 않고 말을 덧붙였다.

"장영준 선생님이 네 말을 안 믿는다며? 생각해 보니까 내가 너
한테 방송실 비밀번호를 알려 줬더라고. 내가 알려 줬으니까 네가
방송실에 들어갈 수 있던 거잖아? 내가 네 진술이 거짓말 아니라
고 증언하면 되지."

전혀 예상하지 못했던 한결이의 반응에 나는 아무 말도 못 하고
가만히 있었다. 그토록 풀기 어려웠던 이야기의 매듭이 한결이가
나서니 손쉽게 풀렸다.

"그, 그래."

"그런데 그걸 외우고 있었어?"

"뭐를?"

"비밀번호 말이야. 처음 들었을 때는 네가 어떻게 방송실에 들
어갔는지 궁금했는데 내가 알려 줬던 게 생각났어. 그걸 어떻게
기억하고 있었어?"

"그때 네가 적으라고 했어. 그래서 내가 공책에 적어 놨거든."

"아, 그래서 그걸 보고……. 어쨌든 내가 담임한테 얘기할게."

"고마워. 그리고 몰래 들어가서 미안해."

"에이, 뭘. 괜찮아."

그렇게 말하고 한결이는 전화를 끊었다. 그 밖의 다른 것은 묻지 않았다. 전화를 끊고 앉아 있는데 기분이 이상했다. 늘 얄미운 녀석이라고만 생각했는데, 한결이가 먼저 연락을 해서 도움을 줄 줄은 꿈에도 몰랐다. 한 가지 확실한 것은 아까와는 비교할 수도 없이 마음이 편하다는 것이었다. 이날 나는 처음으로 이어폰 속 선배의 존재를 잊고서 잠에 들었다.

친구 아닌 친구

"고수민, 들었어?"

"뭔데?"

다음 날, 아침 일찍 한결이에게 또 전화가 왔다.

"조금 전에 담임선생님이랑 통화했는데, 선생님 말이 어젯밤에 김세진한테 연락 왔대."

"세진이가?"

"그래. 걔가 프린트 주인이 자기라고 이야기했대."

나는 할 말을 잃었다. 역시 세진이 것이 맞았다. 본인이 인정했다니, 이제야 정말로 마음이 놓였다.

"고수민, 이제 걱정할 거 없어. 더 이상 의심받지 않을 거야. 그리고 내가 너한테 방송실 비밀번호 알려 줬다고도 말씀드렸어."

한결이의 전화를 끊은 후 안도감도 잠시 이내 다시 불편해졌다.

그럼 세진이는 이제 어떻게 되는 걸까? 시험지 유출 정도면 절대로 가볍게 넘어갈 수는 없을 것이다. 잠시 후 담임선생님에게 전화가 왔다. 한결이가 전해 준 그대로였다. 나는 선생님에게 궁금한 것을 물어봤다.

"그럼 세진이는 이제 어떻게 되는 건가요?"

"글쎄, 나도 확실히는 모르겠구나. 교내외적으로 문제가 커진 상황이라…… 어쨌든 너한테 너무 미안하다. 어머님께도 선생님이 연락드릴게."

"선생님, 엄마 옆에 계세요. 바꿔드릴게요."

선생님과 통화하면서 엄마가 다행이라며 가슴을 쓸어내렸다. 엄마의 통화까지 끝나고 방으로 돌아와 이어폰을 끼고 말했다.

"한결이가 도와줬어요. 그 애가 도와줄 줄 몰랐는데……. 세진이는 이제 어떻게 되는 걸까요? 그동안은 세진이가 원망스럽기만 했는데 이렇게 되고 나니 마음이 편치만은 않아요."

목소리가 들리기를 기다리는데 메시지 하나가 도착했다.

수민아, 미안해.

세진이였다. 딱 두 마디였다. 그 애를 잘 안다고 생각한 적은 없었지만 이렇게 모르고 있는지도 몰랐다. 우리는 친구라고도 친구가 아니라고도 말할 수 없는 사이였다. 세진이가 보낸 문자는 바라보기만 하고 답을 할 수 없었다. 화가 나서가 아니었다. 그냥 내가 할 수 있는 말이 없었다.

다음 날 늦은 오후, 담임선생님으로부터 또 한 번 전화가 왔다. 세진이가 자기 것이라고 밝혔으니 다 끝난 것 아닌가. 무슨 일이 또 남아 있나? 불안한 마음으로 전화를 받았다.

"수민아, 혹시 세진이가 갈 만한 곳 아는 데 있니?"

늘 차분하던 선생님의 목소리가 다급했다.

"오늘 진상조사위에 출석하는 날인데 오지 않고 사라져 버렸어. 세진이 어머님께 연락이 왔는데, 아침 일찍 나가서 지금까지 연락이 안 된대. 혹시 네가 아는 것 없나 해서……."

담임의 말에 정신이 아득해졌다. 문득 세진이 손목의 상처가 떠올랐고, 마치 그 애의 고통을 느끼기라도 한 것처럼 가슴이 저릿했다. 세진이한테 무슨 일이라도 생긴 걸까? 아니, 아니야. 그런 일은 없을 거야. 세진이는 갑자기 사라지고 그러는 아이가 아니야. 그 애는 자기 자신과 시간을 철저히 관리하는 아이잖아. 무언가 중요한 일을 하고 있어서 그런 걸 거야. 맞아. 그럴 거야.

"세진이 어머님이 알고 있는 우리 반 친구가 너랑 현수, 한결이밖에 없더라. 네가 아무래도 여학생이니까 말이 더 통하지 않았을까 싶어서. 혹시 연락 온 거 없었니?"

"어제 저한테 문자 왔었어요. 미안하다고."

"그래? 그 외에는?"

"그 말만 했어요."

"혹시라도 세진이한테 연락 오면 알려 줘."

전화를 끊고 바닥에 주저앉았다. 나랑 말이 잘 통하지 않았냐고? 아니다. 나는 세진이에게 그런 존재가 아니다. 그 애는 나를 이용했고 내게 거짓말만 했다. 그 애는 자신의 목표를 이루기 위한 들러리가 필요했을 뿐이다. 나는 그 애에게 이용당한 피해자다. 그 애 몫까지 봉사하고 심부름꾼 역할을 했다. 게다가 그 애가 의도한 것은 아니라도 엉뚱하게 누명까지 썼다.

어제 오늘 사이에 여러 가지 정황이 추가로 알려지면서 학급 단톡방에서도 세진이를 두고 여러 대화가 오갔다. 제아무리 세진이라도 이런 상황을 견뎌 내기는 쉽지 않을 것이다.

송한결: 김세진, 어디냐?

다차원 단톡방에서 한결이가 세진이를 찾았다. 담임선생님이 한결이와 위현수에게도 연락한 모양이었다. 물론 아무 대답도 없었다.

"설마 세진이한테 무슨 일이 있으려구. 세진이가 어떤 앤데, 그 애는 우리랑 달라. 걔 걱정을 내가 왜 해? 바보 아니고서야."

혼자 중얼거려 보았지만 지난 몇 주간 그 애가 힘들어 하는 모습을 지켜봤기 때문에 안심이 되지 않았다. 그 애를 마지막으로 본 날, 나한테 하고 싶은 말이 있다고 했었는데, 결국 그 말은 듣지 못했다. 그 날 세진이는 일부러 상처를 감추지 않았다. 마치 내게 보여 주고 싶은 것처럼. 최근에 다시 그은 듯 붉게 부어오른 손목, 하얀색 스트랩으로 감춘 곳에 그어져 있는 실금 자국들. 그 장면을 떠올리니 가슴이 욱신거렸다.

'세진아, 나만 그 상처를 본 거니? 그런 거니?'

세진이가 나한테만 상처를 보여 준 것이 어떤 의미를 갖고 있는 것만 같았다. 그 애가 보낸 문자를 찾아봤다. 수민아, 미안해. 나는 한숨을 길게 내쉬며 속으로 되뇌었다. 미안하면 다야? 미안하면 다냐고!

세진이에게 전화를 했다. 신호만 가고 연결은 되지 않았다. 몇 차례 더 전화를 거는 동안 여러 가지 생각이 들었다. 일부러 안 받는 걸까 아니면 못 받는 걸까. 전화를 받으면 무슨 말을 할까. 여러 번 시도 끝에 신호음이 끊기면서 통화가 연결됐다. 하지만 세진이의 목소리는 들리지 않았다.

"세진아……."

목소리는 들리지 않았지만 세진이가 듣고 있다는 것을 느낄 수 있었다. 세진이는 아무 말 않고 가만히 있었다. 수화기 너머의 주변 소음만 들렸다. 멀리서 들리는 음악 소리와 사람들 소음 같은 것들.

"내 말 듣고 있니? 어디야?"

하지만 세진이는 여전히 아무 대답이 없었다. 그럴수록 통화 상대가 세진일 것이라는 확신이 들었다.

"다들 널 걱정하고 있어."

몇 번이나 말을 걸었지만 침묵만 이어지다가 이내 전화가 끊기고 말았다. 다시 전화해 보았지만 더는 받지 않았다. 하, 정말 골치 아픈 아이다. 나도 모르게 중얼거렸다.

"내가 찾으러 가야 해?"

그 순간 이어폰 속에서 소리가 들렸다.

"정말 골치 아픈 애네."

나는 기다렸다는 듯이 물었다.

"어떻게 해야 할까요?"

"휴우~ 나도 망설인 적 있었지. 친구를 찾으러 가야 하나 말아야 하나······."

망설였다고? 무슨 이야기일지 궁금해졌다.

"친구를 찾으러 가요?"

이어폰 속 선배는 대답이 없었다. 그런데 잠깐만, 친구를 찾으러 갔다고? 그때 그 신문기사에도 그렇게 쓰여 있었는데……. 방송부원 두 명이 친구를 찾으러 불에 휩싸인 건물로 뛰어 들어갔다고 말이다. 이제야 모든 의문이 다 풀리는 기분이었다. 나는 선배에게 다시 물었다.

"그래서 찾으러 갔어요? 건물 안으로?"

"친구가 위험한 상황인 거 알면서 가만히 있을 수는 없더라. 그 친구가 거기에 있다는 것을 아는 사람은 나인데, 내가 가지 않으면 그 애는 아무 도움도 받지 못할 테니까……."

"그랬구나. 그래서……."

나는 더 이상 말을 이을 수 없었다. 선배의 말을 듣고서 무작정 밖으로 나왔다. 어디로 가서 세진이를 찾아야 할지 모르겠지만, 선배 말대로 아무것도 안 하고 후회할 수는 없었다. 휴대폰 너머에서 들렸던 소음을 쫓아서 출발하는 수밖에 없었다. 세진이가 전화를 받은 곳은 주변이 소란스러운 곳이었다. 쇼핑몰 같기도 하고 음악 소리가 시끄러운 카페 같기도 했다. 그래도 사람이 많은 곳인 것 같으니 조금 안심할 수 있지 않을까. 억지로라도 그렇게 믿고 싶었다.

버스에 올라탄 후 이어폰을 끼고 다짜고짜 선배에게 물었다.

"세진이, 어디에 있을까요?"

내가 물어봐 놓고도 어이가 없었다. 세진이의 행방을 선배가 어떻게 알겠는가? 하지만 지금 도움을 청할 데라곤 여기뿐이었다.

"뭐라도 힌트 좀 주세요. 세진이 어디 있을까요?"

아무 소리도 들리지 않았다. 무작정 학교로 가는 버스를 타긴했지만 아무래도 거긴 아닐 것 같았다. 학교는 방학 기간이라 매우 조용할 테니까. 게다가 내가 세진이라면 학교는 절대 가고 싶지 않을 것이다. 어디로 가야 할지 난감했다.

"급해요!"

초조한 마음이 들수록 자꾸 이어폰에 대고 조르게 되었다. 잠시 후 피곤하다는 듯한 선배의 목소리가 들렸다.

"생각하고 있잖니."

"고마워요."

속이 답답했던지라 대답만으로도 위로가 되었다. 같이 고민해주는 존재가 있다는 것만으로도 안도가 되었다.

"혹시 그 애가 평소에 가고 싶다고 한 곳 없었어?"

"글쎄요, 그런 곳이 있었나?"

세진이가 가고 싶은 곳? 머릿속이 하얘지면서 아무것도 생각나지 않았다. 세진이와 나는 친구들끼리의 평범한 수다를 나누는 사이가 아니었다. 하지만 나는 생각해 내야만 한다. 자, 자, 침착하게 생각해 보자. 그냥 지나가는 말로라도 가고 싶다고 한 곳이 있었을지도 몰라.

"그 친구가 꼭 한번 가 보고 싶다고 한 곳이라거나……."

그 순간 머릿속에 떠오르는 장면이 있었다. 세진이는 시험이 끝나면 그곳에 가겠다고 했었다. 그때 나는 속으로 '참 시시한 곳이 가고 싶네'라고 생각했던 것 같은데…….

1학기 기말고사 보기 전에 사랑의 집에 갔을 때였다. 초등학교 2학년쯤 되어 보이는 원생 하나가 우리에게 주변에 있는 놀이공원에 갔다 왔다고 자랑을 했다. 그러자 세진이가 자기도 가 보고 싶다며 그 아이를 부러워했다. 처음에는 세진이가 아이의 기분을 맞춰 주려고 장난치는 줄 알았다. 그 놀이공원은 이 동네 애들이라면 다들 몇 번은 가본 곳이라 특별한 장소로 치지도 않는 곳이었기 때문이다. 그런데 세진이는 그 아이를 진심으로 부러워했다.

"너 진짜 안 가봤어?"

"초등학교 5학년 때 이 동네로 이사 왔는데 그때부터는 놀 시간이 없었거든. 그래서 한번 가 보는 게 소원이야."

학원으로, 과외교습소로 뺑뺑이를 도느라 못 가 봤다는 이야기였다.

"그렇게 가고 싶으면 이번 기말고사 끝나고 가. 가까우니까 부담 없이 갈 수 있잖아."

"그래. 가 볼래. 그런데 같이 갈 사람이 없어. 수민아, 네가 같이 가 줄래?"

고개를 끄덕이기는 했지만 세진이와 내가 함께 놀이공원에 가는 일은 없을 것이라고 생각했다. 우리가 그럴 사이는 아니었으니까. 그저 나는 속으로 세진이라면 더 좋은 데 많이 가 봤을 텐데 겨우 그런 데가 가고 싶나, 그렇게만 생각했었다. 그런데 지금 생각해 보니 그 말이 다른 의미로 들렸다. 겨우 그런 곳, 겨우 그런 자유 따위가 목마른 아이. 생각이 여기까지 미치자 조금 전 전화기 너머로 들리던 소음이 떠올랐다. 멀리서 들리던 음악 소리, 사람들이 내는 소음. 놀이공원에서 들리는 소리였다. 놀이공원 어딘가에서 전화를 하는 세진이의 모습이 머릿속에 그려졌다.

"어딘지 알 것 같아요."

버스를 갈아타고 놀이공원에 도착했을 때는 이미 오후 6시가 넘은 시각이었다. 막상 놀이공원 안으로 들어가니 자신이 없어졌다. 놀이공원에는 생각보다 사람이 많았다. 여름방학이 시작되면서 학생들이 많이 놀러 온 것 같았다. 이 넓은 데서 세진이를 찾을 수 있을까?

이곳에 와 있는 사람들은 다 행복하고 즐거워 보였다. 나는 그들 사이를 다니며 세진이를 찾았다. 하지만 규모가 크지 않은 곳이라고 해도 놀이공원은 놀이공원이었다. 한참을 찾아 다녔지만 세진이를 발견할 수 없었고 마음은 점점 조급해졌다. 전화를 하니 전원이 꺼져 있다는 안내 음성이 나왔다.

그렇게 놀이공원 안을 몇 바퀴나 돌았다. 아무래도 여기서 세진이를 찾으려는 건 무리가 아닐까? 아니, 세진이가 이곳에 있기는 한 걸까? 내가 잘못 짚은 건 아닐까? 점점 자신이 없어졌다.

해가 기울기 시작하면서 놀이공원 가로등에 불이 켜졌다. 너무 지쳐서 어딘가에 앉고 싶다는 생각이 간절했다. 회전목마 뒤쪽의 벤치로 향하는데, 그곳에 낯익은 뒷모습이 눈에 들어왔다. 회색 반팔 티에 청바지 차림, 긴 생머리를 뒤로 묶은 마른 체격의 아이가 가만히 서서 바이킹을 쳐다보고 있었다. 교복을 입고 있지 않아서 얼른 알아보지 못했지만, 분명히 세진이였다.

나는 그 애에게 다가가서 가만히 어깨를 짚었다. 나를 발견한 세진이가 깜짝 놀라서 뒷걸음질을 쳤다. 나 역시 어떻게 말을 꺼내야 할지 몰라서 그냥 서 있기만 했다. 며칠 사이에 부쩍 더 해쓱해진 모습을 보니 마음고생이 심했던 듯했다. 시계를 차지 않아서 손목의 붉은 상처가 그대로 보였다.

"어떻게 알고 왔어?"

세진이가 물었다. 그 애의 목소리에서 가시가 느껴졌다. 참나, 지금 화를 낼 사람이 누군데? 기가 막혔다. 나 역시도 세진이에게 말이 부드럽게 나가지 않아 가시 돋힌 목소리로 말했다.

"네가 나한테 여기 오고 싶다고 했잖아. 벌써 잊어버렸어?"

"내가?"

세진이가 약간 당황한 듯 되묻더니 고개를 돌려 나를 외면했다. 세진이는 지금 어떤 마음일까? 부끄러운 걸까? 화가 난 걸까? 부정행위로 전교 1등을 했다는 낙인. 누구든 간에 그건 견디기 힘든 고통일 것이다.

"응. 사랑의 집에서 이야기했잖아."

"그, 그랬구나. 근데 진짜로 와 보고 싶었어. 하하, 그래도 내가 너한테 거짓말이 아닌 이야기도 했었네."

세진이가 어색하게 웃었다. 하지만 곧 금세라도 울 것 같은 표정이 되었다. 이럴 때는 무슨 말을 하면 좋을까. 세진이가 불편한 표정을 계속 짓고 있어서 괜히 왔나 싶었다. 이 넓은 곳에서 찾느라 힘들었는데 쓸데없는 짓을 한 건가 하는 생각마저 들었다.

둘 다 많이 지친 상태라 누가 먼저랄 것도 없이 벤치에 앉았다. 무슨 말이든 해야 할 것 같은데…….

"그래서…… 뭐 좀 탔어?"

세진이가 잠시 '어……' 하고 망설이는 듯한 표정을 짓더니 대답했다.

"아무것도 안 탔어. 그냥 구경만 했어."

"그럼 뭐라도 탈까? 비싼 돈 내고 들어왔는데."

어색한 분위기를 없애려고 한 말이었는데, 세진이는 벌떡 일어나더니 나를 데리고 곧바로 근처에 있는 놀이기구 줄에 섰다. 사실 나는 놀이기구 타는 것을 무서워해서 남들처럼 놀이공원에서 재미있게 놀 줄을 모른다. 그래도 오늘 같은 날에는 하나 정도는 세진이와 함께 타 줘야 할 것 같았다. 그렇게 세진이를 따라 줄을 기다리다 놀이기구에 탑승했다. 나는 놀이기구가 움직이기 시작하자마자 바로 후회했다. 정말 무서웠다. 옆에 앉은 세진이도 무서워하며 비명을 질렀지만 그래도 웃고 있었다. 나는 아니었다. 정말로 겁에 질려서 소리도 제대로 못 질렀다.

"괜찮아?"

놀이기구에서 내려온 후 나는 실신한 사람처럼 벤치에 널브러졌다. 세진이가 걱정스런 표정으로 나를 바라봤다.

"어떡해. 너 얼굴이 하얘."

속이 좋지 않아서 고개를 숙였다. 몇 번 꺼억, 꺼억, 하고 헛구역질을 했다. 세진이가 내 등을 살살 두드렸다. 그렇게 구역질을 하고 났더니 좀 괜찮아진 것 같았다.

"나, 살아 있는 것 맞지?"

내가 묻자 세진이가 고개를 끄덕였다.

"와, 진짜 세상에서 제일 무서운 건 귀신도 아니고 지구 멸망도 아니고 저 놀이기구야. 저걸 탔으니까 나는 이제 무서울 게 없어."

내가 너스레를 떨자 세진이가 말했다.

"와, 축하한다. 고수민, 새로 태어난 날이네."

"큭큭큭, 진짜로 새로 태어난 기분이야. 막 용기가 솟아."

나는 일부러 한껏 과장된 몸짓과 말투로 말했다. 세진이가 웃을락 말락 하는 표정을 짓더니 하늘을 바라봤다. 긴 여름 해가 저물어 어느새 하늘이 어둑해지고 있었다.

"수민아, 정말 미안해."

세진이가 손목에 난 상처를 다른 손으로 감싸며 말을 이었다.

"나 진짜 가증스럽지? 나 같이 남한테 피해만 끼치는 건, 살 가치도 없어."

세진이가 고개를 숙였다. 핏기 없는 입술이 희미하게 떨렸다. 나는 아무 말도 하지 않고 그 애의 어깨에 손을 얹었다. 가느다란 떨림이 손끝으로 전해졌다. 무슨 말을 해야 할지 모르겠어서 그냥 세진이의 어깨를 토닥이기만 했다.

"그런데 수민아, 나 죽고 싶지 않더라. 죽어 버리려고 했는데 못 하겠더라고……."

세진이는 목소리에 울음이 섞이면서 더 이상 말을 잇지 못했다. 나는 무슨 말을 해야 할지 몰라서 그 애의 어깨만 계속 토닥였다. 그 순간 알 수 있었다. 세진이가 온 힘을 다해 버둥거리고 있다는 것을. 살아남기 위해 안간힘을 쓰고 있다는 것을. 나는 속으로 세진이에게 말했다.

'그래, 우리 살아 내자. 함께 이 지난한 시간을 통과하자. 우리

지금 죽으면 너무 억울한 거잖아……. 그러니까 살아남자.'

나는 일부러 톤을 높여 밝게 말했다.

"김세진! 너도 오늘 다시 태어난 거네."

내가 말하자 세진이가 눈물을 닦으며 말했다.

"정말 그렇네. 우리 둘 다 오늘 새 생일이네."

"배고프다. 생일인데 뭐 맛있는 거 먹어야지."

우리는 동시에 벤치에서 일어났다. 그리고 함께 걷기 시작했다.

집에 돌아왔을 때는 밤도 깊고 몸도 완전히 녹초가 된 상태였다. 가만히 서 있는데도 눈이 감길 지경이었다. 겨우 욕실로 가 씻고 나와 침대에 누웠다. 이어폰을 끼고 눈을 감은 채 자장가용 노래를 틀었다. 잠에 빠져들면서 음악 소리가 점점 멀어져 갈 때, 언뜻 속삭임 같은 것이 들렸던 것 같기도 하다.

"잘했다. 이제 혼자서도 잘 해내겠는 걸."

주머니 속에서

여름방학 내내 부정행위 사건으로 학급 단톡방이 들끓었다. 방학 보충을 가지 않아 모르겠지만 아마 학교에서도 난리가 났을 터였다. 이런저런 소문이 떠도는 가운데 2학기가 시작되었고 세진이 퇴학 소식이 학교에 알려졌다. 1학기 성적도 세진이를 0점 처리하고 다시 산출하여 통보되었다.

장영준 선생님은 그 일로 교직에서 해임되었다. 들리는 소문에 의하면 선생님은 세진이 아빠의 고등학교 후배로 원래부터 세진이네와 잘 알던 사이였다고 한다. 딸을 의대에 진학시키려는 세진이 부모로부터 상당한 금액의 돈을 받고 시험지를 유출했다고 한다. 그런 이야기를 들으니 왜 선생님이 그토록 필사적으로 나한테 죄를 덮어씌우려고 했는지 알 것 같았다. 자신에게 칼날이 겨누어지는 것을 피하려고 한 것일 테다. 처음에 세진이는 자신이 시험지를 직접 빼냈다고 주장했지만 후에 조사를 해 본 결과, 장영준 선생님이 관련되었다는 것이 밝혀졌다고 한다. 세진이가 학교에 자수하자 장영준 선생님을 수상하게 여겼던 선생님 한 분이 이를 공론화시킨 것이다. 그 후 장영준 선생님과 세진이의 부모님은 경찰의 수사를 받게 되었다는 이야기도 들렸다.

방학 중에 위현수로부터 몇 번 연락이 왔었다. 그 애는 조금 힘들어하는 눈치였다. 처음에 부정행위 사실을 알았을 때는 거세게 분노하며 강하게 나왔었지만 결국 세진이가 퇴학 처리되니 본인도 충격을 받은 것 같았다.

개학 날 아침, 위현수가 내게 물었다.

"김세진 만났다며?"

"응."

"앞으로 어떻게 한대?"

"글쎄, 나도 잘 모르겠어."

위현수가 얕은 한숨을 내쉬었다. 혹시라도 자책하고 있는 걸까 싶어 나는 조심스럽게 말했다.

"이렇게 되는 게 맞지. 네 행동, 틀리지 않았어."

"누가 뭐 틀렸대?"

내 말에 위현수가 퉁명스럽게 대답했다. 하지만 그 애의 태도에서 마음이 편치 않다는 것이 느껴졌다. 어쩌면 후회하고 있을지도 모른다.

위현수와 세진이는 다차원 멤버로 함께 공부하고 함께 스펙을 챙기며 입시 여정을 함께했지만, 경쟁자일 뿐 친구는 아니었을 것이다. 경쟁자가 없어져서일까? 위현수는 예전처럼 공부에 매진하지 못 하는 것 같았다.

어쨌든 한바탕 회오리가 지나가고 2학기가 시작되었다. 종례 시작 전에 담임선생님이 나를 불렀다.

"수민아, 종례 끝나고 교무실에 잠깐 들를래?"

교무실에 가자 선생님이 커다란 책 한 권을 책상 위에 펼쳤다. 초록색 장정이 낡고 바랜 것을 보니 꽤 오래된 책 같았다.

"네가 찾고 있던 방송부 선배들 말이야. 나도 궁금했거든. 오랫동안 잊어버리고 있었는데 네가 이야기해 줘서 생각났지 뭐야."

그러면서 선생님은 페이지를 넘겼다. 그 낡은 책자는 오래된 졸업 앨범이었다. 앨범 뒤쪽에는 다양한 동아리 활동 사진이 실려 있었다. 선생님은 거기에 실린 사진 하나를 가리키며 말했다.

"그래서 찾았지."

사진 속에서 세 학생이 웃고 있었다. 방송실 안에서 찍은 사진인 듯 구식 방송 기자재들이 배경으로 보였다. 귀밑까지 오는 짧은 머리, 두꺼운 검은 테 안경, 옛날 교복. 적어도 수십 년은 더 된 사진이었다.

"아!"

나도 모르게 탄성을 지르자 담임선생님이 미소를 지었다.

"그 책자에 쓰여 있는 신문기사 날짜를 찾아봤더니 졸업 연도를 알 수 있더라고. 학교 자료실에 졸업 앨범이 전부 보관되어 있어서 거기서 가져온 거야. 네가 찾던 게 이런 거일 것 같아서 말이야. 이제 궁금증이 좀 풀리니?"

나는 고개를 끄덕였다. 그런데 기분이 묘했다. 이런 느낌을 뭐라고 설명해야 할까? 상상만 하던 것이 눈앞에 나타났을 때의 떨림과 낯섦. 솔직히 말하면 낯선 느낌이 더 컸다. 내 생각대로 이어폰 속 목소리의 주인은 세 선배 중 한 사람일까? 세 사람 중에 누구일까? 사진 밑에 적힌 설명이 눈에 띄었다.

애도를 표하며 ―

본교 방송실 화재 사건으로 유명을 달리한 방송부 삼총사. 그들의 우정이 모두를 울렸습니다. 고인의 명복을 빕니다.

'방송부 삼총사⋯⋯.'

사진 속의 세 사람이 미소를 머금고 나를 쳐다보고 있었다. 정확히 말하면 사진을 찍는 사람이 들고 있는 카메라 렌즈를 본 것이겠지만, 마치 나를 쳐다보는 것처럼 느껴졌다. 내가 들은 목소리의 주인공은 세 사람 중 누굴까? 나는 간절히 답을 찾는 마음으로 한 사람, 한 사람의 얼굴을 마음에 새기듯이 봤다. 유심히 보아도 알 수는 없었다. 어쩌면 셋 다 아닐지도 모른다는 생각까지 들었다. 선배들에 대한 자료를 찾으면 모든 것이 명확해질 것이라고 생각했는데, 그렇지 않았다.

"왜? 뭐 이상한 거라도 있어?"

내가 사진을 뚫어져라 처다보자 담임이 물었다.

"아, 아니요."

선생님은 지난번에 제출했던 방송부 책자를 돌려주며 말했다.

"수민이 너도 엉뚱한 데가 있구나."

"제가요?"

"응. 이런 거에 관심 갖다니 말이야. 대개는 그냥 흘려듣잖아."

나는 웃었다. 그러다가 문득 물어보고 싶어졌다.

"선생님, 혹시 이런 경험해 보신 적 있으세요?"

"어떤 경험?"

"아무도 말을 하지 않았는데 누군가의 목소리를 듣는 경험요."

머릿속에서 생각만 하던 질문이 나도 모르게 튀어나왔다. 담임 선생님은 고개를 갸웃하며 눈을 껌뻑거렸다.

"그게 무슨 말이야? 말한 사람이 없는데 듣는다고? 신의 계시 같은 건가?"

"아, 아뇨. 그런 건 아니고……."

"그런 이야기 하는 사람들이 있기도 하지. 뭐 대부분 환청이랄까, 망상이랄까 그런 거지만."

환청, 망상…… 결국 그렇게밖에는 설명이 안 되는 것인가.

"세상에는 여러 가지 일이 있다고 생각해. 누군가의 판단이 항상 옳거나 틀린 것도 아니지."

선생님은 이렇게 말하고 깨지기 쉬운 귀중품이라도 다루듯이 조심스럽게 졸업앨범을 덮으며 말했다.

"이건 도로 갖다 놔야 돼. 슬쩍 가져왔거든. 그만 가 봐도 좋아."

선생님은 그러면서 앨범을 들고 교무실 옆에 딸린 자료실로 향했다. 기대했던 느낌이 아니라 조금 당황하기는 했지만 그래도 그걸 찾아서 보여 준 선생님께 고마웠다.

담임선생님이 자료실 문을 열며 말했다.

"아, 네가 세진이한테 힘이 많이 되어 줬다고 세진이 어머님이 얘기하시더라."

놀이공원에서 세진이와 시간을 보냈던 날, 나는 세진이를 집까지 데려다주었다. 집앞에 도착하니 세진이 엄마가 퉁퉁 부운 눈으로 세진이를 기다리고 있었다.

"너도 여러모로 힘들었을 텐데 잘 버텨 줘서 얼마나 다행인지 몰라. 정말 고마웠어. 세진이가 걱정이지. 학교 그만두고 더 힘들 것 같아서……."

선생님이 무엇을 걱정하는지 나도 알 것 같았다. 자책과 분노가 만드는 무력감. 아마도 세진이는 그런 감정들과 싸우고 있을 것이다. 선생님이 이내 밝은 목소리로 말했다.

"뭐, 세진이는 멘탈이 강한 아이니까 잘 버틸 거야."

사실 나 역시도 그날 이후로 세진이와 연락하지 않았다. 완전히 없던 일로 하기에는 나도 아직은 마음속의 앙금이 컸다.

"어쨌든 수민아, 너 좀 멋지더라."

"네?"

"네가 세진이를 찾을 줄은 몰랐어. 그때 세진이가 없어졌단 말을 듣고 앞이 깜깜해서 혹시나 싶은 마음에 너랑 몇몇 애들한테 연락했던 건데."

"아, 그거요? 그날 운이 좋았어요."

나는 그냥 멋쩍게 웃고 교무실에서 나왔다.

교실로 돌아가는 길에 방송실에서 나오는 한결이를 만났다. 한결이는 시험지 유출 사건이 마무리 되고 나서 내가 방송부에 몰래 갔던 이유에 대해 캐물었다. 어쩔 수 없이 방송부 화재 사건에 호기심이 생겨서 그거에 대한 자료를 찾으러 갔다고 둘러댔다. 물론 이어폰 이야기는 하지 않았다.

이번 일 이후로 한결이는 내게 꽤 친한 척을 했다.

"어쩐지 나도 네가 호기심이 많은 애 같다고 생각했었어."

방송부 선배들을 보러 방송실에 갔을 때 눈을 부라리며 나를 쳐다봤던 한결이의 모습이 떠올라 피식 웃음이 나왔다. 그건 그냥 호기심 많은 아이라고 생각하는 표정이 아니라 정신 나간 아이를 보는 표정이었는데…….

한결이가 내가 들고 있는 방송부 책자를 보더니 물었다.

"선생님이 돌려줬어?"

"응. 그리고 방송부 책자에 나온 화재 사건 말이야. 그 선배들의 졸업 앨범 사진을 보여줬어."

"헐! 진짜야? 나 지금 소름 돋았어. 선생님이 그랬다니 의왼데?"

"선생님도 부임 초기에 그 이야기를 들으셨대. 그래서 궁금해서 찾아본 거래."

한결이가 책자를 가리키며 말했다.

"어떤 내용인지 나도 알려줘."

내가 그 부분을 펼쳐서 줬더니 한결이는 그 페이지를 유심히 들여다봤다.

"아, 정말 있구나. 하긴 우리 방송부가 멋있기는 하지."

만약 이어폰에 대해 털어놓으면 한결이는 어떤 반응을 할까? 갑자기 물어보고 싶어졌다.

"너, 혹시 그런 경험 있어? 너한테만 들리는 목소리 같은 거 들어 본 적 있어?"

한결이의 표정이 대번에 변했다. 미간을 살짝 찌푸리더니 갑자기 한숨까지 내쉬었다. 뭐가 못마땅한 걸까? 역시 괜히 물어봤다고 생각하는 순간, 한결이가 의외의 대답을 했다.

"응. 있었어."

"저, 정말?"

"어렸을 적에 고양이를 키웠는데 그 고양이가 내게 말을 했어.

어른들한테 그 얘기를 했더니 그럴 리가 없다는 거야. 고양이는 '야옹'이라고만 한다면서. 하지만 난 그 고양이랑 진짜로 대화를 나눴었거든."

당황스러웠다. 고양이가 말을 한다고? 말도 안 돼! 하지만 한결이가 너무 진지해 보여서 솔직히 이야기할 수는 없었다.

"아, 그랬구나."

"내가 이걸 아직도 기억하는 이유는 그 고양이가 내가 정말 힘들 때 응원을 해 줬기 때문이야. 어떻게 알았는지 그 고양이는 내가 간절히 듣고 싶은 말을 귀신같이 해 줬거든. 그때는 몰랐는데 나중에 생각해 보니 그렇더라고. 지금 생각해도 수수께끼야. 고양이는 말을 할 수 없잖아. 하지만 아직도 생생해. 그 기억이."

솔직히 한결이의 말이 믿기지 않았다.

"못 믿겠지?"

나는 아니라고 말하려다가 솔직하게 고개를 끄덕였다.

"그럴 줄 알았어. 근데 왜 물어본 거야?"

"아, 그게, 나도 그런 적이 있거든."

"너도? 어떻게 들었는데?"

"그게 말이야……."

망설여졌다. 이어폰이 혼자서 소리를 낸다고 하면 믿을까? 하지만 한결이는 고양이가 말을 했다고 했으니까.

"이어폰 속에서 말소리가 들려."

그러자 한결이가 실망했다는 투로 말했다.

"뭔 소리야? 이어폰은 원래 소리가 들리는 거잖아?"

한결이는 다음 이야기를 듣고 싶어 하는 것 같았지만 거기에서 그만두기로 했다. 한결이 이야기를 내가 믿기 어려운 것처럼 한결이 역시 내 이야기를 믿기 어려울 것이다. 그리고 선배 이야기를 다른 사람에게 하고 싶지 않기도 했다.

세진이와 놀이공원에 다녀온 후로 이어폰 속의 목소리는 나타나지 않았다. 나도 몇 번 말을 걸어 봤지만 이내 그만뒀다. 왠지 놀이공원에 갔던 날 밤 잠결에 들었던 소리가 작별 인사처럼 여겨졌기 때문이다. 그런 생각이 들었을 때 나도 마지막 인사처럼 한마디를 했었다.

"선배가 누구였든 간에 그동안 고마웠어요."

세진이로부터 메시지가 온 것은 2학기가 거의 끝나갈 무렵이었다. 종종 한결이를 통해 세진이 소식을 듣기는 했다. 대개 많이 힘든 것 같다는 이야기였다. 세진이가 자퇴한 후에도 그 애를 비난하는 목소리는 쉽게 사그라들지 않았다. 비난받는 것만으로도 괴로울 텐데 꿈도 미래도 없어진 시간들을 보내는 것이 많이 힘들었을 것이다.

두말할 필요 없이 세진이는 내게 괘씸한 존재였다. 범인으로 몰릴 때 내가 느꼈던 분노와 막막함을 생각하면 자다가도 벌떡 일어날 지경이었다. 하지만 시간이 지나면서 세진이가 조금 다르게 보이기 시작했다. 세진이는 우유부단한 아이였고 순종적인 딸이었다. 부모님이 원하는 대로 살려고 했고 그러기 위해서 최선을 다했다. 그 애는 살기 위해, 아니 살아남기 위해 마지막까지 버둥거려야만 했다. 그런 생각이 들자 세진이가 안쓰럽게 느껴졌다.

가끔 아이들이 세진이를 봤다는 이야기를 하기도 했다.

"나 얼마 전에 집 근처 편의점에서 김세진 봤어. 나 보더니 바로 튀던데?"

"와, 뻔뻔해."

"근데 좀 불쌍하기도 하다."

"뭐가 불쌍해. 그런 짓을 저질렀는데."

학기 초에 불같이 타올랐던 아이들의 분노도 시간이 갈수록 점점 잦아들었다. 그러는 사이 세진이는 반에서 천천히 잊히고 있었다. 그러던 중에 세진이에게 메시지가 온 것이다.

수민아, 잘 지내지?

항상 세진이의 근황이 궁금했지만 막상 그 애의 메시지를 받고 나니 뭐라고 답해야 할지 막막했다. 그냥 씹을지 답장을 보낼지 한나절을 고민했다. 결국 답장을 하는 쪽을 선택했다.

맨날 똑같지. 너는 어때?

1분도 채 안 돼 답장이 왔다.

괜찮게 지내는 편이야.

괜찮게 지내는 편이라는 말이 참 모호하게 느껴졌다. 그냥 나쁘지는 않지만 또 썩 좋은 것도 아니라는 뜻인가? 그렇다면 세진이는 아주 나쁜 상황이었을 테니까 이제 조금씩 좋아지고 있다는 말인가. 그 후로도 세진이는 가끔 메시지를 보냈다. 메시지 내용은 전부 별거 아닌 심심한 내용이었다. 챙겨 본 드라마 이야기나 그날 있었던 작은 에피소드 같은 것들 말이다.

〈프라하의 유리가면〉 대박이야. 이거 꼭 봐. 부탁이야.

내가 쿠키 구웠는데 넘 맛있다.

꺅! 나 우리 아파트 단지에 사는 고양이랑 친해졌다!

세진이는 화단에 서서 빤히 쳐다보는 고양이 사진을 함께 보냈다. 그렇게라도 잘 지내고 있다는 소식을 보내와서 다행이었다.

낙엽이 지기 시작하고 기온이 뚝 떨어진 어느 날, 나는 교복 위에 입을 따뜻한 외투를 찾다가 등교 첫날, 딱 하루만 입고 옷장에 넣어 뒀던 코트를 꺼냈다. 옷을 입고 주머니에 손을 넣었다가 오른쪽 주머니 안쪽에 꽤나 큰 구멍이 있는 것을 발견했다.

"꿰매야겠는데⋯⋯."

찢어진 부분을 만져 보다가 주머니 아래쪽에 뭔가가 빠져 있다는 것을 깨달았다. 구멍 속으로 검지를 넣어서 만져 보니 플라스틱 재질의 매끈한 물건이 만져졌다. 구멍 사이로 물건을 살살 꺼내는데 점점 익숙한 감촉이 느껴졌다. 그리고 그걸 빼낸 순간, 숨이 넘어갈 듯이 놀랐다. 그건 미니였다. 개학 첫날 잃어버렸던 이어폰 말이다. 세상에 이게 여기에 있었다니!

그러니까 교실에 도착했을 때, 나는 급히 미니를 빼서 주머니에 넣은 모양이었다. 주머니에 구멍이 난 것도 모른 채. 그러고는 하루 종일 이어폰이 없어졌다며 엉뚱한 곳들만 찾아다녔던 것이다. 기분이 묘했다. 울고 싶기도 하고 웃고 싶기도 했다. 이 감정을 어떻게 표현해야 할지 몰라 그저 미니를 바라보며 멍하니 서 있었다. 내 힘으로 감당할 수 없다고 생각했던 일들이 사실은 내 주머니 속에서 시작된 것이었다니.

반가운 마음에 미니를 양쪽 귀에 꽂아 보았다. 내 귀에 딱 맞는 편안함과 익숙함이 느껴졌다. 마치 잃어버린 퍼즐 조각이 제자리를 찾은 듯했다. 오랫동안 사용하지 않아 방전된 미니를 충전한 후 자연스럽게 양쪽 유닛을 귀에 끼웠고, 미니는 그렇게 다시 내 몸의 일부가 되었다. 방송실에서 주운 이어폰은 필통에 넣어서 가지고 다녔다. 친구 같은 물건이라 버리고 싶지 않았다.

겨울로 접어들면서 세진이가 다시 공부를 하겠다고 선언했다. 역시 자기는 공부가 적성에 맞는다나 뭐라나. 내가 보기에도 자기에게 맞는 옷을 찾은 것 같았다. 그렇게 마음을 정하기까지 얼마나 많이 힘들었을까. 그것을 딛고 일어선 세진이에게 응원을 보내고 싶었다.

겨울방학이 시작되고 우리는 종종 집 근처 카페에서 만났다. 물론 만나는 구실은 공부였지만 금세 수다로 빠지기 일쑤였고 그러다가 배가 고파지면 가방을 챙겨 분식집으로 향하기도 했다. 세진이가 다시 공부의 길로 들어설 즈음, 나는 선배의 조언대로 유튜브 음악 채널을 개설하기로 마음먹었다. 그래서 요즘 플레이리스트 테마를 정하고 거기에 어울리는 음악 목록을 만들고 있다. 아마도 첫 번째 구독자는 세진이가 될 것 같다.

하루는 조금 이상한 일이 있었다. 잠시 화장실에 다녀왔을 때였다. 자리에 앉아 공부하던 세진이가 내게 물었다.

"이제 이거 안 써?"

세진이가 내민 것은 필통에 넣어두었던 이어폰이었다. 필통이 열려 있어서 발견한 모양이었다.

"응. 근데 그거 이제 안 될 텐데?"

"아니야, 내가 좀 전에 써 보니까 돼."

"뭐?"

언젠가 미니를 하루 안 가지고 나와서 그 이어폰을 낀 적이 있다. 그때 소리가 안 들리길래 드디어 망가졌구나 싶었다.

"잘 들려. 나 네 거 좀 쓸게. 내가 쓰던 거 한쪽이 고장 났나 봐."

"진짜로 들려?"

내가 놀라서 묻자 세진이가 이어폰을 내밀며 말했다.

"들어 볼래?"

"아니, 너 써. 아니다. 그냥 가져."

갑작스레 튀어나온 말이었다. 왠지 그렇게 말해야 할 것만 같았다. 그러자 세진이가 살짝 흘겨보며 말했다.

"이제 미니 찾았다 그거지?"

얼마 전 내가 미니를 찾은 이야기를 해 주었을 때 세진이는 눈을 반짝이며 들었다. 그 이야기를 하면서 우리는 한참을 웃었다. 개학 날의 고수민 흑역사는 이제 우리가 함께 공유한 추억 중의 하나가 됐다. 그나저나 알 수 없는 일이었다. 분명히 내게는 들리지 않았는데, 세진이에게는 들리다니. 그 후로도 세진이는 잘 들린다며 그걸 가지고 다녔다.

오늘도 세진이와 만나기로 했다. 부지런한 세진이는 벌써 카페에 도착했다고 연락이 왔고 나는 게으름을 피우다 늦고 말았다. 집에서 나오는데 엄마가 통화하는 소리가 들렸다.

"자퇴한 친구가 있는데 요즘 그 애랑 자주 만나. 아무래도 그 친구가 외로울 것 아니야. 그럼, 수민이가 마음이 따뜻해. 당연히 날 닮았지 누굴 닮았겠어?"

이렇게 말하고 엄마는 기분 좋게 웃었다. 세진이가 퇴학당했다고 이야기했는데도 엄마는 자꾸 자퇴라고 이야기했다. 알면서 그러는 건지 헷갈려서 그러는 건지 모르겠다.

"어휴, 고등학교 들어오더니 성적이 통 안 나와. 원래 그런 거라며?"

엄마의 수다를 뒤로 하고 현관을 나섰다.

카페에 들어서자 따스한 공기와 향긋한 커피 향이 나를 반겨 주었다. 세진이가 어디 있는지 찾다가, 그 애가 밝은 표정으로 이야기하고 있는 모습을 발견했다. 누가 함께 있나 하고 봤지만 혼자였다. 가만히 보니 그 애는 이어폰을 낀 채였다. 아마도 누군가와 통화 중인 것 같았다.

방해하지 않으려고 조금 떨어진 테이블에 자리를 잡고 앉아 그 애의 모습을 곁눈질로 훔쳐봤다. 아무래도 이야기가 길어지는 것 같았다. 그게 누구든 어떤 이야기를 하든 세진이의 밝은 표정을 보니 좋았다. 나도 가방에서 미니를 꺼냈다. 미니를 귀에 꽂고 요즘 좋아하는 노래들로 꽉 채운 플레이리스트를 듣기 시작했다. 그러다가 가끔 음악을 멈추고 귀 기울여 본다. 언젠가 저 너머의 세계에서 그리운 소리가 다시 찾아오기를 기다리며.

여러분은 이런 경험이 있나요? 주변에 아무도 없는데 누군가 나한테 말하는 소리를 듣는다거나, 나의 혼잣말에 누군가 대답한 것 같은 순간이요. 저는 있어요. 고민이 있어서 무척 힘들었던 시기였어요. 그때 누군가 속삭이는 소리가 들렸죠. 그 말을 듣고 나서 괴로웠던 마음이 한결 가벼워졌어요. 그때의 저는 그 소리가 신의 소리라고 생각했어요. 신이 아니라면 누가 그런 일을 할 수 있겠어요?

많은 시간이 흐르고 나니 정말로 그것이 신의 목소리였는지 의문이 생겼어요. 만약 다른 사람이 제게 그런 경험이 있다고 말했다면 착각이라고 생각하고 믿지 않았을 거예요. 실제로 제가 정말 그 소리를 들었는지 의심이 되기도 했고요. 하지만 제가 겪은 일이기에 부정할 수 없었어요. 저는 분명히 들었으니까요. 고심 끝에 내린 결론은 그 목소리의 정체가 바로 나 자신이 아닐까, 라는 생각이었어요. 내가 간절히 듣고자 하는 말을 머릿속에 떠올린 뒤

들었다고 느낀 것은 아닌지 말이죠.

  『페어링』은 저의 그때 경험을 바탕으로 쓰게 되었답니다. 누군가의 진실한 목소리가 필요한 순간, 기적처럼 그 목소리가 들리는 이야기를 그때의 저처럼 고민을 안고 살아가는 청소년들에게도 들려주고 싶었어요. 그래서 이어폰을 통해 정체불명의 목소리와 페어링 되는 수민이의 이야기를 구상하게 되었어요.

  오래전부터 쓰기 시작한 이야기라서 그럴까요? 『페어링』과 함께 걷고 있는 이 길이 아주 오랫동안 걸어온 길처럼 느껴집니다. 잘 풀리지 않아 실망한 순간도 여러 번이었고, 고치고 또 고치다가 한숨을 내쉰 적도 많았죠. 그러나 지금 돌아보니 제가 걸어온 시간의 길목마다 누군가가 기다리고 있다가 제 손을 잡고 방향을 가르쳐 준 것만 같습니다. 포기하지 않고 길을 계속 갈 수 있도록 말이죠. 그 길목에서 지친 저를 도와주셨던 분들께 감사 인사를 전합니다. 그리고 마지막 길목에 서서 이 이야기가 하나의 작품으로 세상에 태어나도록 애써 주신 자음과모음 편집부의 최수인 편집자님께 감사드립니다.

아직도 그 소리의 정체는 수수께끼로 남아 있답니다. 아무래도 나 자신이라고 생각하는 것이 제일 설득력 있겠죠. 그게 맞다면 힘든 순간 스스로를 토닥토닥한 나 자신이 그럭저럭 마음에 들기도 합니다. 그리고 정체를 알 수 없는 목소리가 제 마음을 위로해 준 것처럼 이 이야기가 누군가의 마음을 토닥여 줄 수 있다면 더없이 좋겠습니다.

마지막 모퉁이를 돌며
조규미

페어링

© 조규미, 2022

초판 1쇄 발행일 │ 2022년 9월 28일
초판 3쇄 발행일 │ 2024년 5월 31일

지은이 │ 조규미
펴낸이 │ 정은영

펴낸곳 │ (주)자음과모음
출판등록 │ 2001년 11월 28일 제2001-000259호
주　소 │ 10881 경기도 파주시 회동길 325-20
전　화 │ 편집부 (02)324-2347, 경영지원부 (02)325-6047
팩　스 │ 편집부 (02)324-2348, 경영지원부 (02)2648-1311
이메일 │ jamoteen@jamobook.com

ISBN 978-89-544-4849-9 (43810)

이 도서는 한국문화예술위원회 아르코문학창작기금(발간지원) 사업에 선정되어 발간되었습니다.